Tiada Kaitan Dengan Warna Kulit

無關膚色

藍啟元雙語詩集

藍啟元 *Pat Yoon* 著

潛默 *Chan Foo Heng* 譯

推
薦
序

詩與散文的邂逅
——序藍啓元的《無關膚色》

溫任平

　　我在二零一四～二零一六年寫成的詩集《傾斜》，裡頭有好些詩是當時政局的反映。現實的顧慮使我不得不用詞謹慎。

　　啟元的詩寫在二零一八年的509*之後，許多意思可以表達得清晰到位，無須像我那樣，把法庭的審訊用「果凍」暗喻，有時甚至把自己丟到香港大嶼山，拉遠距離盡說些社區選舉的事。

　　近日困擾我的問題莫過於詩與散文結合、詩與散文混合為一體的可能性。這種困擾在撰寫《天狼星散文選：舞雩氣象》的序的過程，愈來愈是迫切煎熬。

　　同一時候，詩的小說化、散文的小說化，也如影隨形，成了內心的糾結。最近這些日子讀了不少三百到五百字的極短篇小說，發現小說被壓縮到某個程度會成為詩。文本的證據顯示，極短篇撇開贅言冗語，作者不得不留白，這就走向「詩化」。

　　散文的消耗性太大了，作者只有一個母親，俗話說母愛大過天，作者用三篇散文處理，什麼都寫完了。人的一生經歷，有許多不能寫成散文，也不能寫成詩，題材本身缺乏（那種可以用在小說的）戲劇性與啟發性。有些題材是個人隱私，一直挖自己的肚臍，

不僅把汙垢挖出，不小心會把內裡的小腸也掏了出來。一句簡單的話，個人抒情或述志的散文，每個人都有自己恪守的分寸，寫散文無法不暴露，但不是在跳脫衣舞。

藍啟元的近作如〈小鎮遺老〉（2018年6月28日）：

> 早上八點鐘　　耆老圍坐咖啡店
> 喝海南咖啡吃乾咖哩麵
> 閩南話參雜三幾句華語
> 問安寒暄嘮叨家常
> 聲音低沉　　聲速緩慢
> 像街上稀薄無力的空氣
> 飽肚後四散。帶著咖啡香
> 掂量棕油價格起落不定
> 一老自駕朝向拿督村
> 二老外勞代駕奔往直昂港
> 三老洋貨　　四老五金
> 問價還價同一條街
> 餘下眾老悠閒在家追看連續劇
> 噢，戲裡的兒孫也一樣
> 逢年過節才回家

這是一首語言流暢，意義明朗的詩，把這些句連在一起，加上分號逗句點，即成了一篇散文。如何辨別詩與散文？前者分行，後者把多個意義所指共同的句子，結集在一起稱之為「段落」。即使把第六行的「像」──這個散文化（prosaic）的字眼──刪除也無助於事。我在想，這些年我投稿給報章雜誌，都不曾註明文類。報

刊雜誌的編輯以他們的慣性作判斷，把有故事、對話的視為小說，
把分行的當作都是詩，而介乎其間的各種敘事，自然就是散文。這
兒再抄錄啟元的另一首詩〈無所謂〉（2018年6月24日）：

工作日十時出門
十一時打卡　　不在意
同事們驚疑的目光
沒準時九點鐘到位
傍晚加班補回　　他無所謂

轎車路稅新貼紙　　塞入
車內小櫃
偶遇車檢掏出展示
不會累贅

几上杯盤狼藉
滿屋煙蒂
頭髮蓬鬆　　衣衫不整
也無所謂

星期日早上酣睡如泥
錯過　　足球賽經典戰役
跳過營養主餐　　頭腦困頓
精神萎靡渾渾噩噩
他喃喃囈語
都　　無所謂

　　「無所謂」的多次重奏，襯以「車內小櫃」、「不會累贅」的諧音，這首詩便擺脫了散文的幢幢投影，是你我都能接受的現代詩了。然則詩與散文的分野，是仰賴詩中某些語句複奏的音樂性嗎？過份依賴這種音樂性（如每隔一兩行即押韻）會不會把詩驅向「打油詩」的死角？我經常和寫詩的年輕人說，詩要避免過於油滑，應該考慮在同一作品中換韻，即一首詩有兩個或三個韻。

　　〈無所謂〉能夠掙脫打油詩的陷阱，原因之一是，作者在第二節加入了「小櫃」、「累贅」的變奏；原因之二是，作者在情緒上、情節上的階段性佈署：第一節的加班補回固然「無所謂」，第三節對外在環境與人物本身惡質化「也無所謂」，然後對於生活品質的劣化、精神的困頓的「都無所謂」，沉鬱的情緒一直在升級，用間接的方式「呈現」題旨，它就向詩移近了一步或是兩三步。

　　汪曾祺在他的全集的自序直言：「我年輕時曾打破小說、散文和詩的界限。」他的精神導師沈從文亦曾在其全集指出：「一切藝術都容許作者注入一種詩的情緒。」如此看來，余光中六十年代、七十年代創造的一系列傑出的「自傳性抒情散文」，其實是散文的「詩化」或「詩化的散文」。我在七十年代寫的現代散文〈散髮飄揚在風中〉，是把散文意象化，文字稠密化，刻意在語言律動營造一種具有音樂性的「散文詩」。雖然我在年近七十五的高齡，「自我評議」一篇收錄在《馬華文學大系1965－1996·散文》的舊作，似乎不智。但在學術認知方面，我無法不坦然相告、坦然面對，何況我這樣做不會為〈散髮飄揚在風中〉加分或減分。

　　唐詩律絕的純粹性（purity），使詩離開散文遠些，站穩立場，有自己的位置，像藍啟元的〈大漠觀日出〉（2018年7月2日）：

清晨零下二度
一泓寶藍沒入眼簾
靜謐　　纖塵不染
沙棗樹下抖瑟出神
寒意襲人

日出倒映鹽湖水面
瞳內紅影初現
丘上金光　　乍淺
悄悄
劃破　　蒼　　穹

四野沙脊綿延起伏
千載鄉途　　跫音去遠

　　純粹寫景，其中似乎又隱藏其他意思。詩在不露餡的情況下，內容往往最豐沃。王維是這方面最佳的示範，下面是他的兩首五絕：

〈辛夷塢〉
木末芙蓉花，山中發紅萼。
澗戶寂無人，紛紛開且落。

〈鳥鳴澗〉
人閒桂花落，夜靜春山空。
月出驚山鳥，時鳴春澗中。

　　比較啟元的詩與王維的詩，讀者會發現它們都似乎無話可說，又似乎透露了一些心事，詩的大量留白，強化了「詩性」（poeticity），使它與散文撇清了關係。王維的〈使至塞上〉其中兩行：「大漠孤煙直，長河落日圓。」與藍啟元的〈大漠觀日出〉似乎有相通之處。啟元多次以背包客的姿態前去中國內陸，相信他一定不會錯過大漠觀日出奇景的良機。

　　我個人嚮往的文學藝術形式是，用輕鬆的散文著筆，而又能巧妙的凸顯某種意境。二零一八年八月十一日，啟元寫幸福的脆弱性與短暫性：「像樹上的果實　　伸手可摘／也像浮雲　　瞬間湮滅」，甚佳。我其實更欣賞他的〈燒焦的吐司〉：「她錯手燒焦吐司／炭黑帶著焦味／如常上班的愛人沉默地看著餐盤／以花生醬塗蓋炭色／咽下焦黑」似是而非，「燒焦」有象徵意義，而語言散漫（非詩性）的「十足散文」卻（弔詭性地）充滿詩的隱藏、暗示、影射與意趣。

　　面對詩與散文（還有小說）fusion 與變種的種種可能性，最後的辦法仍然是從文本去觀察、衡測，或許這樣，真相才能日益清晰。謝謝啟元的《無關膚色》，它使我對這問題更上心。

2018年8月25日

*編按：2018年5月9日馬來西亞國會下議院第14屆選舉。

目 次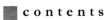

【推薦序】詩與散文的邂逅──序藍啓元的《無關膚色》／溫任平　003

輯一　天空之鏡

錯覺　018

Salah Tanggapan　019

紅綠燈　020

Lampu Lalu Lintas　021

讓愛永續經營　022

Biarkan Cinta Terus Diusahakan　023

端午吟　024

Nyanyian Pecun　025

七夕情　026

Kerinduan Pada Malam Ketujuh Bulan Ketujuh Tahun Kamariah　027

一棵胡楊　028

Sepohon Pokok Poplar　029

歲月如歌　030

Masa Berlalu Seperti Lagu　031

機場素描　032

Lakaran Tentang Lapangan Terbang 033

大漠觀日出 034

Melihat Matahari Terbit Di Gurun 035

大漠與大海脈絡相連 036

Gurun Dan Laut Sambung-menyambung 037

天空之鏡 038

Cermin Langit 039

詩和雨 040

Puisi Dan Hujan 041

清明剪貼 042

Gambar-gambar Tentang Cembeng 043

燒焦的吐司 044

Roti Bakar Yang Hangus 045

金黃色的記憶 046

Ingatan Kuning Keemasan 047

無月的夜空群星閃耀 048

Bintang-bintang Bersinar Pada Malam Tiada Bulan 049

流動霸凌 050

Buli Yang Bergerak 052

為悅己者容 054

Bersolek Demi Menyukakan Hati Orang Lain 056

幸福 058

Kebahagiaan 059

眼睛裡有霧 060

Kabus Di Dalam Mata 061

輯二　無關膚色

無關膚色　064

Tiada Kaitan Dengan Warna Kulit　065

招貼　066

Poster　068

城市森林　070

Hutan Bandar　071

浮木　072

Kayu Apung　073

假想敵　074

Musuh Khayalan　075

忘記攜帶身分證　076

Terlupa Membawa Kad Pengenalan　078

民心　080

Hati Rakyat　081

網絡殺戮　082

Pembunuhan Internet　084

歷史讓回憶消融　086

Sejarah Membuat Kenangan Mencair　087

坐下，YB坐下　088

Duduklah, YB Duduk　089

五月膚色誘人　090

Warna Kulit Bulan Mei Menarik　092

年方十五　094

Umur 15　095

爭執之後 096

Selepas Pertikaian 097

鬥爭 098

Perjuangan 099

變天前後 100

Sebelum Dan Selepas Penukaran Kuasa 101

一公里路 102

Jalan Satu Kilometer 103

異香 104

Aroma Yang Aneh 105

有人在夢裡沉睡不醒 106

Ada Orang Terlena Dalam Mimpi 107

自保圍籬 108

Pagar Perlindungan Diri 109

全民夢想 110

Impian Seluruh Rakyat 112

輯三 扛一座天秤

扛一座天秤 116

Memikul Sebuah Neraca 117

奶奶與孫女兒 118

Nenek Dan Cucu Perempuan 119

下輩子不再相見 120

Tidak Akan Bertemu Lagi Dalam Kehidupan Selepas Kematian 121

無所謂　122

Tidak Jadi Apa　123

一雙小腳　124

Sepasang Kaki Kecil　125

小鎮遺老　126

Orang-orang Tua Di Pekan Kecil　127

有一天我們會變老　128

Pada Suatu Hari Nanti Kita Akan Menjadi Tua　129

空巢　130

Sarang Kosong　131

下一個路口　132

Persimpangan Yang Berikut　133

拐彎　134

Membelok　135

風裡來雨裡去　136

Berlalu Di Dalam Angin Dan Hujan　138

星期日公園相遇　140

Pertemuan Di Taman Pada Hari Ahad　141

上車，下車　142

Naik Kereta Api, Turun Dari Kereta Api　143

仰望高樓　144

Melihat Ke Atas Bangunan Tinggi　145

盛宴　146

Jamuan Besar-besaran　147

流浪漢　148

Pengembara　149

防盜鈴哀歌　150

Nyanyian Sedih Loceng Yang Mencegah Pencurian　152

陌生人的喜怒哀樂　154

Pelbagai Perasaan Orang Asing　155

泥足　156

Kaki Berlumpur　157

連根拔起　158

Membantun　159

輯四　最後的告別禮

訣別（一）　162

Perpisahan Selama-lamanya (1)　163

訣別（二）　164

Perpisahan Selama-lamanya (2)　165

臨終關懷　166

Prihatin Pada Saat Akan Mati　167

善終　168

Mati Kumlah　169

終於可以說再見　170

Aku Akhirnya Dapat Mengucapkan Selamat Tinggal　171

重症病房　172

Unit Rawatan Rapi　173

眼睛　174

Mata　175

自我療癒　176

Penyembuhan Diri　177

他說他是一尾魚　178

Dia Berkata Bahawa Dia Seekor Ikan　179

熊媽媽講故事　180

Ibu Beruang Menyampaikan Cerita　181

速寫生命故事館　182

Sketsa Tentang Gedung Cerita Kehidupan　183

想像　184

Bayangkan　185

再見，扶貧天使　186

Selamat Tinggal, Malaikat Pengurangan Kemiskinan　187

現代喪屍　188

Zombie Moden　189

遠行　190

Perjalanan Jauh　191

貓與後巷　192

Kucing Dan Lorong Belakang　193

訃聞　194

Berita Kematian　195

最後的告別禮　196

Upacara Perpisahan Akhir　198

鴉聲變調　200

Perubahan Nada Suara Gagak　202

揮別　204

Ucapkan Selamat Tinggal　205

天空之鏡

輯一

錯覺

誤以為是安逸恬靜的農村景致

誤以為，是炊煙

遠望迷濛，近看朦朧

風清氣朗的城都披上了霧簾

地平線上山河變色

不設限

藍天還在，看不到藍天

樹木青蔥依舊，難見綠樹杜鵑

同樣無國界

本地煙竟恰似進口煙

屋前屋後揮之不去

嗆鼻帶鹹

2014年4月11日

Salah Tanggapan

Tersilap menganggap ianya pemandangan kampung yang senang dan tenang

tersilap menganggap ianya asap dari cerobong dapur

sayup-sayup kelihatan dari jauh, samar-samar kelihatan dari dekat

kota berangin lagi segar berpakaian langsir kabut

bumi di ufuk berubah warna

tiada hadnya

langit biru masih ada, langit yang biru tiada dalam penglihatan

pokok-pokok masih menghijau, pokok hijau dan burung kelak sukar dilihat

sama saja tiada sempadan negara

asap tempatan seperti asap import

tidak dapat dihalau dari hadapan dan belakang rumah

hidung dirangsang dan masin rasanya

紅綠燈

坐鎮十字路口，我瞪眼震懾
八方，時或紅眼怒目
時或低眉傳遞橙色
警示，不問身分階級
眾獸匍匐
唬唬低鳴
俯首臣服
蜿蜒如蟻群
身披盔甲的車陣
日夜流動不息，依序
探索，我瞳仁深處閃動的
光暈，沒有綠影
不能行

2014年4月30日

Lampu Lalu Lintas

Duduk di persimpangan jalan, aku dengan mata melotot menggentarkan

semua arah, kadangkala bermata merah dan marah

kadangkala dengan kening rendah menghantarkan warna jingga

amaran, tidak mengira kelas dan identiti

binatang-binatang merayap

bersuara rendah yang menakut-nakuti

tunduk kepala dan patuh

geliang-geliut buat seperti koloni semut

barisan kereta yang berbaju zirah

mengalir siang dan malam, teratur

meneroka cahaya yang berkelip-kelip di dalam

manik mataku, tiada bayangan hijau

tidak dapat berjalan

讓愛永續經營

你說愛可以永續經營

嘴角掀起盈盈笑意

開了窗扉　　卸了防禦

第一眼緣伊始已注定結局

真心灌溉觸動的香氣

填滿胸臆

層層相疊如夢似幻的日子

如電光劃過長空　　璀璨亮麗

牽手呵護陪伴扶持

所有的奮鬥掙扎辛酸眼淚

大小環抱　　都凝成

與子偕老的話語

漫漫長路左右都是感人的風景

歲月悠悠你遨遊其中　　穿梭

每一個花季

沒有任何事物被改變

沒有　　遺棄

2014年6月14日

Biarkan Cinta Terus Diusahakan

Kau katakan cinta itu dapat diusahakan terus

sudut bibir menggerakkan senyuman manis

dengan membuka tingkap, pertahanan dilepaskan

pandangan kali pertama telah ditakdirkan hingga akhir

aroma yang timbul disiramkan dengan keikhlasan

penuh di dada

hari bertindih-tindih menjadi lapisan bagaikan mimpi dan khayalan

umpama kilat melintasi langit, terang-benderang

berpegang tangan untuk saling menyayangi, menemani dan memapah

semua perjuangan, rontaan dan kepahitan

pelukan besar dan kecil, telah menjadi

kata-kata hidup berdampingan sampai tua

di sebelah kiri kanan jalan panjang adalah pemandangan yang mengharukan

masa berlalu panjang dan kau menjelajahinya, dan berulang-alik

dalam setiap musim bunga

tiada apa-apa yang telah berubah

tiada pengabaian

端午吟

（一）扎根

千年以後千里之外

江江河河掀起南來的香氣

濺起　　　浪花

粽子成了種子

咚咚咚咚咚聲中高喊

我　　要　　扎　　根

（二）牽掛

鼓聲若有若無

蹬音尋尋覓覓

花香漸去漸遠

粽子裹了一身牽掛

江河沒浪繫在心頭

（三）鏡頭

江面飛霜滿天

哀怨的二胡奏著二泉映月

驚見行者臉容悲憤

瞬間拉　遠　距　離

投身入水投身入水投身入水

鏡頭不斷重複……

2017年5月29日

Nyanyian Pecun

（1）Berakar

Seribu tahun kemudian di tempat beribu-ribu batu jauhnya

sungai-sungai membangkitkan aroma dari selatan

percikan ombak berhempas-hempas

kuih pulut sebagai benih

berteriak dalam bunyi dong dong dong dong dong

aku mahu berakar

（2）Prihatin

Bunyi gendang timbul tenggelam

suara jejak kaki mencari-cari

aroma bunga semakin jauh semakin lenyap

kuih pulut dibalut dengan prihatin

sungai-sungai kehilangan ombak di dalam hati

（3）Gambar

Embun beku berterbangan di seluruh permukaan sungai

rebab Cina yang berpilu hati memainkan muzik *er quan ying yue*

terkejut melihat wajah sedih dan gusar pejalan kaki

segera jarak dijauhkan

terjun ke dalam air, terjun ke dalam air...

gambar itu berulang tidak berhenti ...

七夕情

（一）初心

星子疏散　　鵲兒無喜
弦月吞吐寒芒

看不清　　或只是不巧
仰首望穿天穹

時間凝結了
在靜止的夜裡搭建
秋水初心

（二）騷動

這一天，鵲橋萬里引起騷動

擦身走過去　　英姿煥發
轉身晃過來　　衣香鬢影

男的心房都有一個織女　　盼為他
編織人生冷暖
女的胸懷都有一個牛郎　　願為她
耕犁苦辣甜酸

2017年8月28日

Kerinduan Pada Malam Ketujuh Bulan Ketujuh Tahun Kamariah

（1）Niat Asal

Bintang-bintang bersurai, burung-burung murai tidak gembira
bulan sabit menelan dan memuntahkan cahaya yang putih pudar

Tidak dapat melihat dengan jelas atau secara kebetulannya
memandang sampai ke hujung langit

Masa telah membeku
pada malam yang tenang untuk membina
niat asal air musim luruh

（2）Kegemparan

Hari ini, Jambatan Murai membawa kegemparan sampai beribu-ribu batu
jauhnya
yang berlalu di sisi itu, bergaya tampan dan gagah
yang pusing badan dan datang terhuyung-hayang itu, indah solekannya

Pada hati lelaki terdapat seorang Puteri Tenun yang diharapkan
menenun kesejahteraan hidup untuknya
pada hati perempuan terdapat seorang Jejaka Gembala yang sudi melakukan
usaha bercucuk tanam untuknya dengan pelbagai pengalaman hidup

一棵胡楊

都說千年不死
年複一年　　由綠轉黃
然後金黃　　轉紅
再轉為最後一片枯褐
掉　　落

扭曲的身影形態各異
每一節枝椏竭力伸展
絕地求存　　根要深入
探索生命韌度　　繼續深入
迎另一個千年不朽　　再深入

我不是胡揚
沒有千年　　沒有不朽
我是飄落在南方的蒲公英
相隔萬里
只為傳說赴約

2017年10月21日

Sepohon Pokok Poplar

Dikatakan seribu tahun pun tidak mati
tahun demi tahun, berubah dari hijau kepada kuning
kemudian kuning keemasan, bertukar lagi kepada merah
kemudian beralih kepada kepingan perang terakhir yang layu
dan gugurnya

Bentuk badan yang herot-berot itu bergaya berbeza-beza
setiap cabang berjuang untuk membentang
hidup dalam kebuntuan, mestilah berakar mendalam
menerokai ketabahan hidup, terus masuk ke dalam tanah
menyambut satu lagi alaf yang abadi dengan lebih mendalam lagi

Aku bukan pokok poplar
tiada alaf, tiada keabadian
aku dandelion yang jatuh di selatan
dipisahkan beribu-ribu batu jauhnya
hanya menghadirkan diri untuk legenda

歲月如歌

一千零一夜的星空下
葉尖有淺淺的笑語
有高山流水
潺潺顫動
我在樹下默默等待
知音的青睞

歲月如歌
季節的更替灑滿音符
一闋闋陽關揮別故人
悲歡從指隙流逝
褪去繽紛外衣
卸下斑斕色彩
無礙

2018年1月12日

Masa Berlalu Seperti Lagu

Di bawah langit bintang seribu dan satu malam
hujung daun berbisik-bisik dengan senyumannya
air mengalir dari gunung tinggi
gemercik secara gementar
aku diam saja di bawah pokok untuk menunggu
kasih sayang daripada sahabat yang saling mengerti

Masa berlalu seperti lagu
penggantian musim dihamburi dengan not muzik
lagu demi lagu perpisahan untuk menghantarkan kawan lama
kesedihan dan kegembiraan terlepas di antara jari
baju luar yang berwarna-warni ditanggalkan
warna indah permai diturunkan
tiada masalah

機場素描

五分鐘前　　龐然大物

跨越時空降落

五分鐘後　　另一巨獸騰空

遠　　去

亞航東京抵隆

馬航由隆飛紐

大屏幕行程錯綜複雜

看板字幕彈跳間

新　　泰　　中　　韓......輪候

起

　　　降

居無定所　　行李箱行色匆匆

轟鳴聲中俯瞰

一個笑臉多少歡愉

一個等待望穿秋水

一個揮手有緣再見

一個擁抱勝表千言

2018年6月21日

Lakaran Tentang Lapangan Terbang

Lima minit sebelumnya, benda raksasa

membuat pendaratan merentasi ruang dan masa

lima minit kemudian, satu lagi benda raksasa melambung tinggi

hilang di kejauhan

AirAsia dari Tokyo tiba di Kuala Lumpur

Malaysia Airlines ke New York dari Kuala Lumpur

jadual perjalanan di skrin besar adalah rumit

kata-kata di papan melompat-lompat

Singapura, Thailand, China dan Korea ... menunggu giliran untuk

berlepas

　　mendarat

tiada tempat penginapan tetap, bagasi berwajah tergesa-gesa

dalam deruman memandang ke bawah

satu muka senyuman dapat membawa berapa banyak kegembiraan

satu penungguan masih dinanti-nantikan

satu kali lambaian tangan diharapkan bertemu lagi

satu pelukan dapat membawa beribu-ribu makna

大漠觀日出

清晨零下二度
一泓寶藍沒入眼簾
靜謐　　纖塵不染
沙棗樹下抖瑟出神
寒意襲人

日出倒映鹽湖水面
瞳內紅影初現
丘上金光　　乍洩
悄悄
劃破　　蒼　　穹

四野沙脊綿延起伏
千載鄉途　　跫音去遠

2018年7月2日

Melihat Matahari Terbit Di Gurun

Waktu pagi, 2 derajat di bawah sifar Celsius
sehamparan biru nila masuk mata
tenang, bebas daripada habuk
bergegar secara terpesona di bawah pokok jujube pasir
udara sejuk menusuk badan

Matahari terbit dicerminkan di permukaan air tasik garam
bayangan merah dalam manik mata baru muncul
sinaran emas di guguk, tiba-tiba dilepaskan
secara senyap-senyap
menembusi langit

rabung pasir di kawasan sekeliling membentang secara turun naik
perjalanan desa yang beribu-ribu tahun itu, bunyi jejak kakinya hilang di
kejauhan

大漠與大海脈絡相連

海潮奔騰翻捲衝鋒上岸
沙海無休日夜遷移
從大海一望無際到大漠廣袤無垠
原來脈絡相連　　共通呼吸

看似靜止　　風沙割切如刀
逼使他時刻改變容貌
握沙在手　　仿如浪潮
可以聽到流動的聲音

在沙丘沖浪
騎車如乘船
嘔吐與搖盪糾結
暈眩的感覺猶勝於海

有陽光相伴
他在白天述說金黃身世
當暮色低垂
他在夜裡擁抱蒼茫

2018年7月3日

Gurun Dan Laut Sambung-menyambung

Gelombang laut maju membalap dan berguling-guling menghempas pantai
pasir laut berhijrah siang dan malam
dari laut yang luas tidak berbatasan ke gurun yang membentang sejauh
mata memandang
ternyata ianya sambung-menyambung, pernafasan bersaluran sama

Kelihatan seperti statik, angin dan pasir memotongnya seperti pisau
memaksanya mengubah wajah setiap masa
dengan pasir di dalam tangan, macam gelombang
dapat mendengar bunyi alirannya

Melayari bukit pasir
berbasikal seperti menaiki bot
muntah dan goncang saling berjalin
perasaan pening lebih hebat daripada di laut

Ditemani cahaya matahari
dia menceritakan kehidupan mewahnya di siang hari
apabila tabir kegelapan turun
kekaburan waktu malam dipeluknya

天空之鏡

那是個倒反的世界

腳尖之下同一個天空

也有雲　　白色肥胖的羔羊垂吊著

我在上端用力旋轉

很努力　　嘗試把藍天旋成黑夜

再把黑轉成灰

湖面如鏡

白羊咪笑對我眨眼睛

一尺下方看見曼妙舞姿後與你為鄰

從此日出日入與無聲的影子相聯

近距離可以聞到你的氣息

遠視相望　　無所遁形

遺憾是我們無法用語言交流

我們之間相隔一面天鏡

2018 年 7 月 8 日

Cermin Langit

Itulah dunia yang terbalik
di bawah hujung jari kaki adalah langit yang sama
terdapat juga awan, tergantung anak kambing putih gemuk
aku berputar dengan kuatnya di bahagian atas
bertungkus lumus cuba untuk menjadikan langit biru sebagai malam
kemudian menjadikan hitam sebagai kelabu
permukaan tasik seperti cermin
kambing putih tersenyum sambil mengenyitkan mata pada aku

Satu kaki di bawah, terus berjiran dengan kau setelah melihat tarian anggun
sejak itu, dari matahari terbit hingga terbenam, bersama dengan bayangan
sunyi
dapat menghidu nafas kau dalam jarak dekat
saling berpandangan dari jauh, jelas nampak segala-galanya
malangnya, kami tidak dapat berkomunikasi dengan bahasa
kami dipisahkan oleh sebuah cermin langit

詩和雨

（一）

雨後氣溫驟降思維一片空白

隔岸傳來呼喝　　聲若洪鐘

隨手撒一把詩的谷粒吧

期待下個豐收季節

泥濘濕地　　填滿

金黃詩海

（二）

夜裡讀詩豪雨傾注

逆風拍打枯枝

黑白二色

企圖收割荒蕪身後僅存的綠意

樹椏尾低聲輕嘆

它終將墜落

歸於塵土

2018 年 7 月 9 日

Puisi Dan Hujan

（1）

Suhu turun dengan mendadak selepas hujan, daya fikiran kosong saja

terdengar teriakan dari pantai seberang, suara sekuat genta raksasa

buat semahunya segenggam benih puisi ditaburkan

menantikan musim menuai seterusnya

tanah lembap berlumpur, penuh diisi dengan

lautan puisi kuning keemasan

（2）

Membaca puisi pada malam hujan tertumpah dari langit

ranggas dipukul angin sakal

kedua-dua warna hitam dan putih

cuba menuai satu-satunya kehijauan di belakang tanah kering

hujung ranting pokok mengeluh dengan lembutnya

ianya akhirnya akan jatuh

kembali menjadi debu

清明剪貼

繽紛彩紙飛揚
微禿的山頭亮了　　　有光
紅火在燭上飄舞
灰煙裊裊
饗　　宴開場

荷鋤的印童揮汗如雨
掃拂　　　與茅草等高的生計
追趕一輛又一輛
豪華轎車
招　　攬淨土

墓園一隅骨灰堂並立
善別後僅剩的遺像貼在風口
玻璃門開闔之間
一抹淺笑
心　　魂激盪

2018年7月17日

Gambar-gambar Tentang Cembeng

Kertas-kertas berwarna-warni berterbangan
bukit yang sedikit botak itu cerah, ada cahaya
api merah menari di lilin
asap kelabu bergulung-gulung naik ke langit
majlis makan bermula

Anak India yang memanggul cangkul berpeluh seperti hujan mencurah
mencari rezeki yang setinggi lalang
mengejar sebuah demi sebuah
kereta mewah
yang berusaha mencari tanah tulen

Di sudut perkuburan berdiri dewan simpanan abu jenazah
selepas upacara, hanya potret orang mati dilekatkan di pintu udara masuk
antara suis pintu kaca
munculnya senyuman lembut
hati bergelora

燒焦的吐司

她錯手燒焦吐司
炭黑帶著焦味
如常上班的愛人沉默地看著餐盤
以花生醬塗蓋炭色
咽下焦黑

（抱怨夾在吐司底下偷偷窺望
未及開口便成仁
添加了嚼勁和滋味）

她心疚道歉　　他說正合口味
相視莞爾一笑
互道再會

時間的滾軸在隙縫裡播映生活剪影
夾帶　　喜樂艱辛

2018年7月25日

Roti Bakar Yang Hangus

Perempuan itu salah membakar roti hingga hangus
berwarna hitam seperti arang dengan bau terbakar
kekasihnya yang pergi bekerja seperti biasa melihat pinggan dengan
senyap
dilapisi dengan mentega kacang untuk menutupi wajah arang
ditelannya warna hangus letung

(mengeluh kerana mengintai di bawah roti bakar
belum buka mulut sudah terjadi
kekenyalan dan rasa yang ditambah)

Perempuan itu berasa sesal dan memohon maaf, lelaki itu berkata sesuai
dengan seleranya
saling memandang dengan seyuman lembut
saling mengucapkan selamat tinggal

Poros masa menyiarkan gambar-gambar kehidupan di celah
disertai kegembiraan dan kesukaran

金黃色的記憶

深入腹地
撲眼浩瀚黃沙
蜿蜒起伏如靜止的波浪
蒼穹蔚藍無雲
遼闊似海

萬籟俱寂
孤風如影隨形
高陽底下擁抱金黃
撫摸隱藏的靜謐
審視空靈

飛上高空三千米
當見金沙圍繞
滄海一栗的你

2018年7月27日

Ingatan Kuning Keemasan

Jauh ke pedalaman
pasir kuning yang luas menangkap mata
geliang-geliut naik dan turun bagaikan gelombang tenang
langit biru tanpa awan
luas seperti lautan

Segala-galanya sunyi senyap
angin kesepian muncul bersama
dan memeluk kuning keemasan di bawah matahari tinggi
meraba kesenyapan yang tersembunyi
perhatikan kelincahan yang sukar diduga

Terbang ke langit sejauh tiga ribu meter
dapat melihat kau yang kerdil itu
dikelilingi pasir emas

無月的夜空群星閃耀

天穹撒下嫵媚網罩
網住虔誠膜拜的心靈
看見銀河　　看見更遠不知名的星系
照亮旅途　　終於

圓夢　　四千六百公里長征
仰望大漠高空星雲密佈　　徹夜守候
無月的夜空群星閃耀
眼睛也盈滿星光　　穿過

星河隧道　　彷彿千眼爍亮
頷首垂眉俯瞰荒漠沙原
在冰涼的長夜緣度有情
伴眾生圍坐取暖　　贊嘆

心與星只是一個遙望的距離

2018年7月28日

Bintang-bintang Bersinar Pada Malam Tiada Bulan

Langit menebar tudung jaring yang molek
menjala hati yang ikhlas dalam penyembahan
dapat melihat bimasakti, serta galaksi yang jauh tak dikenali
akhirnya perjalanan diterangi

Demi mencapai impian, berjalan sejauh 4,600 kilometer
memandang ke langit gurun yang tinggi diliputi nebula, menjaga sepanjang
malam
bintang-bintang bersinar pada malam tiada bulan
mata juga penuh dengan cahaya bintang-bintang yang menembusinya

Terowong gugusan bintang umpama seribu mata berkilauan
mengangguk dan merendahkan kening untuk memandang
ke bawah padang pasir yang luas lagi sepi
pada malam yang sejuk, ada jodohnya
menemani segala makhluk hidup duduk berkumpul untuk berdiang, dan
memuji

Hati dan bintang hanya dipisahkan dengan satu jarak memandang dari jauh

流動霸淩

喜歡與否　　它已是不可或缺的
生活必需　　隨你浪跡天涯

鈴聲響起　　清脆的召喚可以來自世界最遠角落
與相識的親近的心愛的人　　沒有距離
笑語和感嘆穿越時空　　跨國的
私人帷幔　　悅耳傳遞隱祕

偶或鈴聲響起　　不知傳呼來自何方
陌生號碼連接著問號
廣告　　預告促銷
恐嚇詐騙　　另一端的霸淩
平添煩惱　　而詫異的

丁零聲後　　手撫胸口
短訊長訊如蟲蛇蠕動
口吐紅信　　唬人占滿山頭
無奈招惹閒愁　　弔詭的

鈴響接二連三　　喜歡與否
洩漏的鏈接轉作解密鑰匙
流動的身分變得沒有隱私

當呼叫不受控制　　鈴聲
響起　　貼身的陪伴頓成　　午夜凶鈴

2018年7月31日

Buli Yang Bergerak

Suka atau tidak, sudah tentu ianya diperlukan
dalam kehidupan, bersama kau merantau ke hujung langit

loceng berdering, panggilan nyaring boleh datang dari sudut dunia
dekat dengan kenalan, dengan yang akrab itu dan kekasih
suara ketawa dan keluhan melalui masa dan ruang, tirai peribadi
merentasi negara, rahsia disampaikan dengan suara merdu

Sekali-sekala loceng berdering, tak tahu panggilan itu dari mana
nombor yang tak diketahui disambungkan kepada tanda tanya
iklan, pemberitahuan tentang promosi
ugutan dan penipuan, buli dari sebelah lain
menambah kerisauan. Dan yang terkejut itu

selepas loceng berdering, tangan meraba dada
mesej panjang dan pendek, seperti serangga dan ular yang berkeruit-
keruit
menjulur lidah merah, gertakannya menjalar ke puncak gunung
terpaksa dibiarkannya mendatangkan kerisauan
tentang perkara remeh-temeh. Dan yang ajaib itu

lonceng berdering satu demi satu, suka atau tidak

pautan yang terbocor dijadikan kunci menghuraikan rahsia

identiti yang bergerak berubah menjadi ketiadaan hak peribadi

apabila panggilan tak dapat dikawal, loceng berdering

yang rapat di sisi itu tiba-tiba menjadi loceng sial pada tengah malam

為悅己者容

為知己者從容就義
激昂翻覆在浪裡
水花飛濺劃出倩影
蛾眉對鏡

梳理妝容　　愛美天性
走卒販夫鍾情　　休管家赫權傾
櫥窗裡高聳的身分
個性比對　　氣質調配
豔羨古今

麗質天生　　萬人稱頌
唯美脂粉雕琢傾國花容
細嫩水靈
為悅己者梳妝打扮
蒲柳之姿　　也可
沉魚落雁

珍稀的護膚精品
恰似自家櫥裡的服飾
永遠缺少一件

．

越來越依賴
越來越上癮

2018年8月3日

Bersolek Demi Menyukakan Hati Orang Lain

Sudi berkorban untuk sahabat kental
jiwa yang digelodak bergolak dalam gelombang
percikan air berterbangan menjelma sebagai bayangan wanita
dengan rupa molek menghadap cermin

Suka bersolek dan berpakaian cantik, tabiat semula jadi
orang biasa menaruh cinta, tidak menghirau keluarga ternama lagi
berkuasa
berkedudukan tinggi di dalam almari perhiasan
personaliti dibanding, sifat diubahsuai
mengagumkan zaman purba dan moden

Kecantikan yang dilahirkan, dipuji beribu-ribu orang
serbuk untuk menggosok muka paling cantik di seluruh negara
halus berseri-seri
bersolek dan berpakaian demi menyukakan hati orang lain
susuk badan yang lemah, dapat juga menjadi
perempuan yang cantik sekali

Produk penjagaan kulit yang jarang
sama seperti pakaian di dalam almari sendiri
senantiasa kurang sehelai

semakin ingin bergantung padanya

semakin ketagih

幸福

沒有偏見
深邃的眼神承載潮汐起落
歷練過風風火火
嘗試解讀惹人恥笑的抱殘守缺
歲月留痕爬上雙鬢
眨眼間亮著的天就黑了

人生詞典裡不會只有一種定義
夫妻牽手踱步黃昏
清茶在手閒話家常
孤獨老人期盼再見親人
饑餓的流浪漢只求一餐溫飽
有人企求安枕的床……

祂不刻印在臉上
一生努力營營追求
像樹上的果實　　伸手可摘
也像浮雲　　瞬間湮滅

2018年8月11日

Kebahagiaan

Tiada prasangka
sinar mata yang mendalam termuat gejala pasang surut
mengalami pelbagai kepayahan
cuba untuk mentafsirkan pandangan kolot yang dicemuhkan
masa berlalu meninggalkan kesan pada kedua-dua belah rambut pelipis
langit cerah dalam sekelip mata saja menjadi gelap

Bukan hanya satu definisi dalam kamus kehidupan
pasangan suami isteri berpegang tangan berjalan-jalan pada waktu senja
dengan minuman teh di tangan sambil bergosip
lelaki tua yang kesepian berharap bertemu dengan anggota keluarga lagi
orang gelandang yang kelaparan hanya ingin mengisi perut sekali
terdapat orang meminta katil untuk tidur ...

Dia tidak mahu dicetak di mukanya
perjuangan yang bertungkus lumus sepanjang hidup
bagaikan buah di atas pokok yang senang dipetik dengan tangan
juga seperti awan, hilang dengan segera

眼睛裡有霧

煙霾又再來襲
如同陰鬱滿佈胸臆
游弋於肺腑之間
鋪天蓋地
趕不走　　驅不散

它總在盂蘭盆節前後施虐
灰茫茫的紗網包攏大地
淹沒所有靜止的景物
吞噬溫熱蠕動的心靈

陷入煙陣
忙碌掙扎的人群近似遊魂
眼睛裡有霧
潮濕的感覺網住了
倒懸的酸楚

2018年8月18日

Kabus Di Dalam Mata

Jerebu datang meyerang lagi
bagaikan kesuraman memenuhi dada
menjelajah di antara paru-paru
dengan hebatnya
tidak dapat dihalau, kekal di sana

Ianya sentiasa bermaharajalela sebelum dan selepas Pesta Sembahyang Hantu
jaring kasa kelihatan kelam membalut bumi
menenggelami semua pemandangan yang statik
menelan hati yang panas dan berkeruit-keruit

Jatuh ke dalam perang asap
manusia yang sibuk dan meronta-ronta itu hampir seperti hantu berkelana
kabus ada di dalam mata
perasaan yang lembap menjaring
kepedihan yang tertunggang

無關膚色

輯二

無關膚色

熟讀光譜中的斑斕
色彩，小手抓小手
笑聲驅趕寒意
汗水蒸發隔閡
我們掌紋交疊，互換
身分，不介懷牆角的
怨懟，指隙間的
不安，拒絕魚唇張合喋喋不休
群魚與謊言竄遊
憧憬沒有包袱的壯麗河山
跨越家園、田野
隨時為彩虹
換妝，遺忘特徵
巨輪來時，我們換一個姿勢
讓掌紋繞過高牆，穿越
大街小巷，讓它數說身世
過濾刺耳喧譁
讓它調色，揭開
面紗背後的骯髒
我們選擇保持清醒
緊握雙手，虔誠擁抱
不可知的未來，儘管視線外
色彩分明的旗幟仍然高掛

2014年4月12日

Tiada Kaitan Dengan Warna Kulit

Faham benar tentang warna indah permai dalam spektrum
tangan kecil memegang tangan kecil
suara ketawa melepaskan hawa dingin
keringat mengewap kerenggangan hubungan
garis-garis tapak tangan kami bertindih-tindih, saling bertukar
identiti, tiada keberatan terhadap kekesalan
di sudut dinding, dan kerisauan di celah jari
enggan menerima bibir ikan yang buka dan tutup untuk berleter
dan kumpulan ikan yang berenang dengan kebohongan
mengidam-idamkan bumi indah perkasa tanpa kebebanan
melangkahi kampung halaman dan tanah lapang
bila-bila masa saja menukar solekan
untuk pelangi, ciri-ciri dilupai
apabila roda gergasi datang, kami mengubah gaya
biarkan garis-garis tapak tangan memintas dinding tinggi, menyeberangi
jalan dan lorong, biarkan ianya menceritakan kehidupan
menapis kebisingan yang janggal
biarkan ianya membancuh warna, kekotoran
di belakang kerudung didedahkan
kami memilih untuk berjaga-jaga
kedua-dua tangan dipegang secara ketat, dengan ikhlasnya memeluk
masa depan yang tidak dapat diketahui, walaupun di luar penglihatan
bendera yang berwarna-warni masih digantung tinggi

招貼

交通指示牌上縱橫交錯
商業貸款個人借貸貼
借一百給一百貼
月帳專家貼
它入侵市中心商業區住宅區貼
電話亭巴士站是熱點貼
國能、電訊公司的路邊設施一片狼藉貼
高架橋柱顯目標示貼
情趣用品無副作用貼
堅久不傷腎一粒見效貼
歡樂按摩三溫暖貼

如魅影潛伏，伺機出擊
店屋前門後巷牆角尋找空隙貼
沒人阻止沒人注意貼
鐘點女傭貼
徵聘女公關優厚入息貼
上門補習一人對一人安親陪讀貼
日復一日你我避不開的惹目奇景貼
你撕我貼撕了又貼
礙眼刺目霸淩無限放大貼

荒誕肆虐執法無效貼
無奈年年月月　　無奈貼

2014年5月24日

Poster

Di papan-papan penunjuk lalu lintas secara silang-menyilang
pinjaman komersial dan pinjaman peribadi dilekat
meminjam seratus dan seratus diberikan dilekat
pakar akaun bulanan dilekat
ianya menyerbu kawasan perniagaan pusat bandar dan kediaman dilekat
pondok telefon dan hentian bas sebagai tempat perhatian dilekat
kemudahan-kemudahan TNB dan Telekom di tepi jalan secara terserak-
serak dilekat
tiang jejambat sasaran jelas dilekat
alat-alat seks tanpa kesan sampingan dilekat
tahan lama tanpa menyakitkan buah pinggang sebiji cukup membawa
kesan dilekat
urut dengan riang gembira rasa mesra tiga kali dilekat

Seperti bayangan hantu yang bersembunyi, menunggu peluang untuk
menyerang
celah di pintu depan kedai, di sudut dinding lorong belakang dicari untuk
dilekat
mana-mana yang tiada halangan yang tidak diberikan perhatian itu dilekat
pembantu rumah mengikut jam dilekat
pengambilan wanita berjawatan perhubungan awam dengan pendapatan
lumayan dilekat

ke rumah memberi tuisyen perseorangan menjadi pengiring pelajar dilekat

hari demi hari, pemandangan ajaib yang menarik perhatian

yang kau dan aku tidak dapat elakkan itu dilekat

kau merobeknya aku melekatnya, dirobek dan dilekat lagi

yang merintangi penglihatan menusuk mata sebagai buli tanpa had itu dilekat

yang tidak masuk akal yang dianiaya serta penguatkuasaan undang-undang

yang tidak berkesan itu dilekat

tidak dapat berbuat apa-apa lagi, tahun demi tahun, bulan demi bulan, dilekat

城市森林

警示牌擦身而過　　靜言猶在
這一座深邃的鋼骨森林
誘人千方百計要進入　　挖掘
渴望豔羨仰慕憧憬那可知不可知的
未來
枝椏縱橫　　有路無路
你循聲探索水源
密葉遮天　　有景沒景
你依小徑尋幽訪古
穹下萬獸竄動
有人迷途有人錯入岔道有人被襲擊
有人放棄有人絕望有人自戕
也有人　　最後凱歌高奏
割　　地　　稱　　王
同類筆直高傲的身影　　孤單冷峻
我佇立街頭　　熄燈前
環視整座惺忪未醒的森林
咀嚼整個夜晚的身世

2014年6月12日

Hutan Bandar

Papan amaran berlalu di sisi, nasihat masih ada
ini hutan konkrit bertetulang yang dalam
manusia digoda melakukan segala yang mungkin untuk menggali sesuatu
mengharapkan, mencemburi, mengagumi serta mengidam-idamkan masa
depan
yang akan diketahui dan tidak diketahui itu
ranting silang-menyilang, ada jalan atau tiada
kau mencari sumber air mengikut bunyi
langit ditutup oleh daun tebal, ada pemandangan atau tiada
kau mengikut jalan kecil melancong ke tempat-tempat indah permai dan
purba
di bawah langit beribu-ribu ekor haiwan berlari tergesa-gesa
ada orang tersesat jalan, ada yang salah masuk jalan bercabang, ada yang
diserang
ada orang melepaskannya, ada yang berputus asa, ada yang membunuh diri
terdapat juga orang yang akhirnya menyanyikan lagu kemenangan
membahagikan tanah sebagai raja
yang sejenis itu berdiri tegak dengan sombongnya, seorang diri dengan
wajah yang serius
aku berdiri di hujung jalan, sebelum mematikan lampu
memandang ke sekeliling hutan yang masih layu matanya
merenungi peristiwa-peristiwa kehidupan sepanjang malam

浮木

沒有光環聚焦
炫目的色彩召喚推擠的來者
如花香招蝶　　前仆後繼

曾經沒頂　　淚眼中
絕望無助血流成河的驚惶掙扎
棄爹撇娘

憤怒的海搖晃的船咆哮的浪
跌跌撞撞裡失魂落魄
吶喊無聲

自我放逐　　夢裡有溫馨紅燭
誰來燃亮
誰能給他一根浮木？

2015 年 5 月 29 日

後記：報載大批緬甸羅興亞人冒死偷渡，聞者鼻酸。

Kayu Apung

Tidak difokuskan oleh lingkaran cahaya
warna yang mempesonakan memanggil manusia datang berasak-asak
seperti aroma bunga menarik rama-rama, maju susul-menyusul

Pernah tenggelam, air mata berlinang-linang
dalam rontaan terkejut lagi putus asa dan mandi darah itu
meninggalkan ibu dan bapa

Laut yang meradang, perahu yang tergoncang, gelombang yang bergelora
terhuyung-hayang dalam ketakutan
berteriak tanpa suara

Dengan membuang diri sendiri, terdapat lilin merah yang mesra dalam
mimpi
siapa yang akan menyalakannya?
siapa yang dapat menghulurkan sebatang kayu apung?

29 Mei 2015

Catatan : Mengikut laporan akhbar, sebilangan besar orang Rohingya
Myanmar menyeludup ke negara lain secara menggadai nyawa.
Manusia yang mendengar berita itu rasa sedih.

假想敵

遠處一聲扣門　　　睜　　眼
風過沙沙葉響　　　睜　　眼
果子趴塔落地　　　睜　　眼
驚弓之鳥　　難眠

疑是　　有人東邊敲鑼
西邊擊鼓
疑似　　有人南面吶喊
北面搖旗

神經繃緊　　血脈僨張
隨時爆發　　隨時
左右搏擊

車馬圍城　　烽火相連
四面楚歌似近還遠
眯眼時暗影縹緲晃動
罵一聲
嗆鼻狼煙

2018年3月20日

Musuh Khayalan

Ketukan pintu di kejauhan, buka mata
angin berlalu dan daun-daun berdesir, buka mata
buah-buahan gugur di atas tanah dengan bunyinya, buka mata
orang yang berada dalam kekejutan, sukar hendak tidur

Disyaki ada orang memukul gong di sebelah timur
memukul genderang di sebelah barat
disyaki ada orang bersorak di sebelah selatan
mengibarkan bendera di sebelah utara

Ketegangan saraf, peredaran darah menaikkan perasaan
meletus pada bila-bila masa saja, sentiasa
bertarung di kiri dan kanan

Kereta dan kuda mengepung kota, api peperangan merebak di mana-mana
kepungan musuh nampaknya dekat sebenarnya masih jauh
apabila mata dipicikkan bayangan samar-samar bergoyang
dengan satu suara memaki
asap perang yang merangsang itu

忘記攜帶身分證

有一天我忘了攜帶身分證
沒有身分沒有物件證明
走在路上沒有保障沒有安全感
我會被截查會被懷疑
是偷渡客是外勞會被丟進拘留所會被敲詐
沒有身分的我無可奈何

沒有攜帶身分證他也莫可奈何
雖然知道是他看起來是他
必須有證件證明必須確認身分
須要檢查認證須要確定他是當事人
要確保沒有詐騙沒有舞弊
要從嚴處置確保執法公正

你也沒有身分證真沒奈何
說對不起沒用道歉也沒有用
沒有身分證你進不了辦公大樓
你下不了單簽不到證
領不到表格你提不了名投不了票
你會被阻擋會被驅趕會被踢開

耀眼的陽光煎炙著每一根神經
沒有身分證　　我們沒奈何

2018年4月28日

Terlupa Membawa Kad Pengenalan

Suatu hari aku terlupa membawa kad pengenalan

tiada identiti, tiada benda sebagai bukti

tiada jaminan tidak selamat di jalan

aku akan ditahan disyaki

ialah pendatang haram ialah pekerja asing akan dibuang ke dalam rumah

tahanan

akan diperas ugut

tanpa identiti aku tidak berdaya berbuat apa-apa

Dia tidak membawa kad pengenalan juga tidak berdaya berbuat apa-apa

walaupun itulah dia dan nampaknya ialah dia

mestilah ada sijil untuk membuktikan identiti

perlulah disemak untuk mencari bukti, perlulah mengenal pasti dia orang

yang terbabit

untuk memastikan tiada penipuan tiada perbuatan curang

ditangani dengan ketat untuk memastikan keadilan penguatkuasaan

undang-undang

Kau juga tidak mempunyai kad pengenalan memang tidak berdaya berbuat

apa-apa

mengaku salah tidak berguna, meminta maaf pun tiada gunanya

kau tidak dapat memasuki bangunan pejabat tanpa kad pengenalan

kau tidak dapat mengeluarkan bil tidak dapat menandatangani sijil
tidak boleh mendapatkan borang tidak dapat mencalonkan nama
tidak layak membuang undi
kau akan dihalang dihalau dibuangkan

Cahaya mentari yang menyilaukan mata memanggang setiap saraf
tiada kad pengenalan, kita tidak berdaya berbuat apa-apa

民心

有人堅信它可以稱量
看得見喜惡　　猜測強弱
抓在手裡任意搓捏
一斗一升的溫飽砌成口號
玩吹泡泡　　耍了就跑

上班族在朝九晚五的車龍陣裡思考
一介草民揮汗入土也哼著歌謠
入夜後望向同一片天空
數學題滿佈繁星閃耀
有人解答不了

得者昌　　失者亡
載舟覆舟它胸有成竹
思變是它的本質
花言巧語戮穿後化作洪水猛獸
無路可逃

2018年5月17日

Hati Rakyat

Sesetengah orang yakin bahawa ia dapat menimbang
dapat melihat kesukaan dan kebencian, meneka kekuatan dan kelemahan
dipegang dalam tangan diadun dengan sewenang-wenangnya
hidup serba cukup daripada setiap dou setiap liter disusun sebagai slogan
bermain dengan gelembung, selepas itu lalu beredar

Pekerja-pekerja yang mengikut masa pejabat berfikir dalam kesesakan
lalu lintas
rakyat biasa bekerja bertungkus lumus juga menyanyi
memandang ke langit yang sama pada waktu malam
soalan matematik penuh di langit bintang bersinar
terdapat orang tidak tahu menjawab

Yang untung itu akan makmur, yang rugi itu akan lenyap
sama ada melampungkan perahu atau menenggelamkannya, ianya sudah
ada rancangan teliti
berubah pemikiran adalah sifat asalnya
cakap-cakap manis didedahkan menjadi malapetaka yang teruk
tiada jalan untuk melepaskan diri

網絡殺戮

點擊遊戲結束
不會再有免費籌碼
你聳聳肩決定加注
享受激情從指尖鑽入的快感
熱血奔騰　　努力奮戰

和愛人揮手告別後繼續加注
最後一吻如同電影裡的失戀情節
沒有淚水　　必須作戰
你是操縱鍵盤的快手
眼前盡是殺戮戰場　　渴望
過關　　斬將

積蓄掏空後再大膽傾注
躲在小室圍剿　　誓師翻盤
門前加鎖夜潑紅漆的警告你全不在意
廝殺聲裡　　都是刀光劍影

小熒幕哈臉相迎
債款夜夜相逼
哀著　　怨著

十指流血如注

金戈鐵甲　　又捲了房契……

天將破曉

鄰近教堂早禱的呼喚　　如　　哭　　如　　訴

2018年5月19日

Pembunuhan Internet

Permainan klik berakhir
tiada taruhan percuma lagi
kau mengangkat bahu memutuskan untuk menambah taruhan
menikmati keseronokan akibat keghairahan yang memasuki hujung jari
semangat berkobar-kobar, berjuang dengan sesungguhnya

Terus menambah taruhan selepas mengucapkan selamat tinggal kepada
kekasih
cium terakhir seperti jalan cerita tentang putus cinta kasih dalam filem
tiada air mata, mestilah bertarung
kau merupakan tangan pantas dalam memanipulasi papan kekunci
di depan mata ialah medan pembunuhan, kau mengidam-idamkan
untuk mengatasi lawan dan maju ke depan
selepas simpanan dihabiskan, berani juga taruhan dicurahkan
bersembunyi di bilik kecil di mana kepungan dilancarkan, bersumpah
mengubahkan keadaan
amaran bahawa depan pintu dikunci, cat merah ditumpahkan pada malam,
kau tidak peduli
suara bertikam-tikaman penuh dengan pelbagai senjata tajam

Skrin kecil menyambut kau dengan muka tersenyum
paksaan hutang datang tiap-tiap malam

bersedih, berdendam benci

sepuluh jari berlumuran darah

peperangan berlangsung, sijil rumah hilang dihanyutkan pula ...

hari akan menjelang subuh

panggilan doa pagi dari masjid yang berhampiran, seperti tangisan dan

aduan

歷史讓回憶消融

歷史舞臺光影閃動

滅音後人聲依然洶湧

仇恨染紅了　　雙眼

刷黑了低垂的夜

令人恐懼的嘶喊　　劃　破　長　空

要相信血肉模糊是視覺效果

揎拳捋袖為誰傷痛

幕後　　詭異的祭祀儀式

軀體橫躺豎臥

臉容扭曲

在深埋的胸臆裡輕輕抽慟

三十八個寒暑後鏡頭轉動

驚見城牆一隅碑石殘留

五一三字眼由遠而近

荒涼的墓地　　暮鼓晨鐘

歲月　　可以被遺忘

墳後寺廟的誦禱聲無法讓回憶

消　　融

2018年5日月20日

Sejarah Membuat Kenangan Mencair

Di atas pentas sejarah cahaya dan bayangan berkedip-kedip
selepas bunyi dimatikan suara manusia masih bergelora
kedendaman memerahi mata
menghitamkan malam yang dalam
pekikan yang menakutkan menembusi langit yang luas

Percayalah bahawa remuk-redam daging dan darah merupakan kesan
penglihatan
kepalan tangan ditunjukkan buat bersedih untuk siapa?
di belakang tabir, upacara ajaib berlangsung
badan-badan berkampaian
mukanya herot
menangis tersedu-sedan di dalam isi hatinya

Tiga puluh lapan tahun sudah berlalu, kanta berputar
terkejut melihat di sudut tembok bandar tertinggal batu bertulis
perkataan 13 Mei muncul dari jauh menuju ke depan
tanah perkuburan yang terbiar sebagai peringatan amaran

Masa boleh dilupakan
doa kuil dari belakang perkuburan gagal membuat kenangan
mencair...

坐下，YB坐下

他穿得更厚了
高高在上
打褶的臉皮　　藏著些許憐憫

你說這是立法殿堂（他叫你坐下）
責問關係社會影響民生的政策（YB坐下）
質疑舞弊濫權（坐下YB）
要提1MDB（坐下，坐下）
印尼警方扣留豪華遊艇（坐下）
強調自己是人民代議士（坐下坐下，YB）
你有權力和義務（坐下，YB坐下）
咆哮哪一條例不准提問（YB，坐下，坐下）
你高舉議會常規⋯⋯（坐下，坐下，坐下⋯⋯）

殿堂金碧輝煌　　燈光有一些冷
廉價導演把議事廳混攪成古羅馬的人獸戰場
站立者義憤　　填膺
旁觀者竊笑　　鼓噪

2018年5月20日

Duduklah, YB Duduk

Dia memakai dengan lebih tebal lagi
berkedudukan tinggi
kulit muka berkedut, tersembunyi sedikit belas kasihan

Kau berkata inilah dewan perundangan (dia memberitahu kau supaya
duduk)
menyoal tentang polisi berkaitan dengan masyarakat dan mempengaruhi
kehidupan rakyat (duduklah YB)
minta penjelasan tentang penipuan dan penyalahgunaan kuasa (duduklah YB)
hendak menyebut tentang 1MDB (duduklah, duduk)
polis Indonesia menahan kapal pesiar mewah (duduklah)
tegaskan bahawa diri adalah wakil rakyat (duduklah duduk, YB)
kau mempunyai kuasa dan kewajipan (duduk, duduklah YB)
tengking kau bahawa peraturan mana tidak membenarkan pertanyaan
(YB, duduklah, duduk)
kau mengangkat peraturan parlimen ... (duduklah, duduk, duduk ...)

Dewan indah berwarna mewah, cahaya lampunya sedikit dingin
pengarah murah itu menjadikan dewan mesyuarat sebagai medan
pertarungan manusia dengan binatang zaman Rom purba
orang yang berdiri itu terlalu marah atas rasa keadilan
para penonton tertawa dalam hati, berbising riuh

五月膚色誘人

激情過後無法入夢
赤裸淋浴　　從頭到腳
檢視水珠噴灑的快感
冷卻亢奮的血流

熱淚隨水滑落　　嘗試解讀
感性的自然流露
成長歲月裡的小手緊握大手　　堅守希望
一寸一寸　　擦拭汙垢

陣痛　　堅忍一甲子
妊娠的肚腹沒有掩飾狂喜
同聲道賀　　用不同的言語
歡呼敬禮　　輝煌條紋獵獵作響如昔

風起雲湧的五月
喚醒沉睡中的巨人

掀波翻浪　　點石成金的驕傲
沾墨食指　　膚色誘人

　　　　　　　　　　　　　　　2018年5月22日
後記：馬來西亞於5月9日舉行全國大選，人民以選票推翻了執政61年
　　　的國陣政府。

Warna Kulit Bulan Mei Menarik

Tidak dapat tidur selepas diliputi keghairahan
mandi telanjang dari kepala sampai ke kaki
memeriksa keseronokan daripada penyemburan titisan air
menyejukan aliran darah yang terangsang

Air mata panas jatuh bersama dengan air, cuba menafsir
cerapan yang diperlihatkan secara spontan
tangan kecil memegang tangan besar dengan ketatnya, berpegang pada
harapan
satu inci demi satu inci, kekotoran dilapkan

Kesakitan untuk beberapa waktu, ditahan seumur hidup
perut kehamilan tidak menyembunyikan ekstasi
perkataan berbeza digunakan, sama-sama mengucapkan tahniah
bersorak menyampaikan salam hormat, jalur gemilang menderu-deru
seperti dulu

Bulan Mei yang meluap dan menggelora
membangkitkan gergasi yang tertidur

menggerakkan ribut dan gelombang, kebangaan dilambung

dakwat di jari telunjuk, warna kulitnya mempesonakan

22 Mei 2018

Catatan : Malaysia mengadakan pilihan raya kebangsaan pada 9 Mei. Rakyat menggulingkan kerajaan BN yang berkuasa 61 tahun itu melalui undi.

年方十五

腦海浮現老爸刻滿艱辛歲月的臉

你渴望擁有

開不了口

需求穿越廉價電玩

有歡笑　　感官刺激

有朋黨　　快語恩仇

行行出狀元　　他說關係密切

網絡世界捆綁需求

穿戴名牌坐擁最新電子產品　　容易一刀切

你紅了眼

開始寫大字報　　潑漆

追債發訊息

哪一天被扣查緝問

只報年方十五　　跑腿走險

早有　　防禦

2018年5月25日

Umur 15

Wajah ayah yang penuh dengan kesan penderitaan muncul dalam otak

kau ingin menjadi pemilik

tak dapat buka mulut

meminta permainan video murah

terdapat ketawa, deria terangsang

terdapat kawan-kawan, kata-kata mereka membawa kebaikan dan

kedendaman

setiap bidang ada pakarnya, katanya hubungan adalah rapat

dunia rangkaian menyekat permintaan

memakai jenama terkenal memiliki produk elektronik terkini, mudah

diselesaikan

kau iri hati

mula menulis poster aksara besar, membuang cat

menuntut hutang dengan menghantar mesej

hari bila akan ditahan untuk dipersoalkan?

hanya laporkan umur lima belas, menjadi pesuruh dalam keadaan

merbahaya

tindakan mempertahankan diri perlu diadakan lebih awal

爭執之後

滿腹經綸的昨日他滔滔不絕
額頂光芒乍現　　雄辯有霸氣
刺眼　　錐耳
一瞬間橫掃千軍
舌利如刀

堅持機制的當下你衝鋒陷陣
胯下輕騎蹬步　　進退見真章
炮發　　連珠
實槍彈勢不可擋
眾俘叩伏

煮一壺溫文　　擊歌暢飲
熬滿室幽香　　薰心可餐

2018年6月6日

Selepas Pertikaian

Pada semalam yang penuh dengan kearifan, dia bercakap tanpa berhenti
sinaran tiba-tiba muncul di atas dahi, debatan memperlihatkan sifat
angkuh
menyilaukan mata, menusuk telinga
dalam sekejap mengalahkan beribu-ribu tentera
lidah tajam seperti pisau

Berpegang kepada sistem, kau berjuang ke hadapan dengan gagah berani
berkuda dengan ringannya, ke depan atau berundur untuk memperlihatkan
tindakan berkesan
bedil dilepaskan secara berterusan
kekuatan senjata sebenar tidak dapat dihalang
kumpulan tawanan bersembah sujud

Masak secerek teks yang hangat, memainkan muzik dan bernyanyi
sambil minum dengan sepuasnya
sebuah bilik penuh keharuman diusahakan, dan hati dipanaskan untuk
dinikmati   .

鬥爭

將帥帳中雷霆鼓噪
關外烽火燎原
四竄狼煙

歷史不走回頭路
此地已非劍雨江湖
曾經承諾　　你卻選擇遺忘
熱血　　隨波遠去
頭顱　　還予故土

抹不掉創傷
瘡疤　　烙在心底
無法連根拔起

2018年6月18日

Perjuangan

Di dalam khemah panglima besar, kemarahan meluap-luap
api perang di wilayah-wilayah timur laut merebak dengan luasnya
asap isyarat menyerbu ke semua arah

Sejarah tidak berpatah balik
tempat ini bukan medan pertempuran lagi
pernah berjanji, tapi kau memilih untuk melupakannya
darah, berhanyut ke kejauhan bersama ombak
kepala, dipulangkan kepada tanah air

Tidak dapat menghapus luka
bekas luka, diselar di bahagian bawah hati
tidak dapat dicabut sama sekali

變天前後

微風帶來的浪花淹過小腿

潮汐如常背後竊竊私語之外

煎餅飛拋如常　　　拉茶如常

打著不明手勢　　　魚蝦保持緘默如常

沙堆下有物掩藏

敵　　　友　　　未知

下午三點鐘喋喋密語如常

午夜逆風驟起

暗戀中的民眾情竇初綻

驚濤呼嘯拍岸　　　招迎

春暖花開

捲起千層巨浪　　　召喚

沉睡精靈　　　不再葳蕤沙上野花開

用海洋的肺活量吶喊

一甲子的壅塞　　　鐵樹花開

2018年6月20日

Sebelum Dan Selepas Penukaran Kuasa

Percikan ombak yang dibawa oleh angin membanjiri betis
air pasang seperti biasa berbisik-bisik di belakang
kuih dadar dilambungkan tinggi seperti biasa, teh ditarik seperti biasa
gerak isyarat yang tidak dikenal pasti diadakan, ikan dan udang berdiam
diri seperti biasa
ada sesuatu tersembunyi di bawah pasir
rakan atau musuh, tidak diketahui
pada jam 3 petang, bisikan adalah seperti biasa

Angin sakal tengah malam tiba-tiba bertiup
rakyat yang bercinta rahsia, mulai mengalami cinta berahi
ombak dahsyat bersiul memukul pantai, menyambut
ketibaan musim semi dengan bunga-bunga berkembang
beribu-ribu lapisan ombak dibangkitkan, menyeru
orang halus yang tertidur, tidak lagi rumput berduri berbunga liar di pasir
bersorak dengan kekuatan paru-paru seperti lautan
kesesakan 60 tahun, pokok besi akhirnya berbunga juga

一公里路

驚醒中睡眼惺忪
耳邊聒噪來自一公里路
喋喋不休　　擾人清夢
街邊過時的旗幟阻擋視線
司機抱怨智能導航失準
交通嚴重堵塞

商議是否U轉另尋捷徑
思緒飛回四十三年前危巒山陲
蜀道難行天險已寫進歷史
恥於乞憐獻媚
自強所以不息
最苦難的煎熬　　熬成堂內
書聲　　朗　　朗

千里之行　　無懼風霜煙雨
早有棧道拐向五湖四海
笑問這一公里路
能過　　不能過
停　　不停
還是　　環抱束起

2018年7月13日

Jalan Satu Kilometer

Bangkit terkejut dengan mata suram
kebisingan di telinga berasal dari jalan satu kilometer
berleter, mimpi orang diganggu
bendera usang di tepi jalan menghalang penglihatan
pemandu bersungut-sungut tentang ketidaktepatan navigasi pintar
kesesakan lalu lintas sangat serius

Berunding sama ada pusing U mencari jalan pintas yang lain
fikiran terbang kembali ke gunung berbahaya empat puluh tiga tahun lalu
jalan sukar ditempuhi, rintangan alam telah ditulis dalam sejarah
malu untuk meminta belas kasihan dan mengambil hati
dirinya berusaha sekuat-kuatnya, maka dapatlah terus maju ke depan
penderitaan yang paling teruk, telah menjadi
pembacaan bersuara lantang di dewan

Perjalanan seribu batu jauhnya tanpa takut pada angin dingin dan hujan
berkabut
terdapat jalan papan menuju ke semua pelosok di tanah air
bertanya dengan senyuman adakah jalan satu kilometer ini
dapat dilalui atau tidak
mahu berhenti atau tidak
ataupun memeluknya secara ketat

異香

有人顛倒睡眠
午夜過後開始激辯
浪語敲窗　　仿如外星鼓噪
檢視樓下廣場一角
散落的瓶罐把隔夜遺臭
留給清晨

早起的人們
在食肆吃越南姑娘的
炒粿條　　緬甸小哥的叉燒飯
還有印尼兄妹釀豆腐
慢慢遺忘古早味
昔日追逐嬉戲的青草地
兒童忽然絕跡
駭客取而代之
疾病傳染機率增加
犯罪案例飆升

城市背脊冒出異域村落
眾多花卉遠近綻放
異香悄悄入侵
花粉效應
嗆鼻者　　眾

2018年7月26日

Aroma Yang Aneh

Terdapat orang memutarbalikkan masa untuk tidur
selepas tengah malam, mula berdebat
gelombang suara mengetuk tingkap, seperti alien berbising
memeriksa sudut alun-alun di tingkat bawah
botol dan tin bertaburan meninggalkan bau busuk semalam
untuk pagi

Orang-orang yang bangun awal
di restoran makan kuih tiao goreng gadis Vietnam
dan nasi daging panggang abang Myanmar
juga makanan tauhu abang dan adik perempuan Indonesia
perlahan-lahan melupakan cita rasa purba
di padang yang dulu untuk berkejar-kejaran dan bermain-main itu
kanak-kanak tiba-tiba hilang
digantikan dengan penceroboh komputer
risiko jangkitan penyakit meningkat
kes jenayah melambung naik

Di belakang bandar munculnya kampung-kampung eksotik
bunga-bungaan mekar di tempat jauh dan dekat
aroma yang aneh menceroboh masuk dengan senyapnya
kesan serbuk bunga
banyak hidung dirangsangkan

有人在夢裡沉睡不醒

壓著額頭冥思
閉著眼睛想像
夢園繁花盛開
樹冠結滿幸福果實
奮鬥人生一路歌唱　　衝向未來

在經濟蕭條的大床沉睡
連夜借杯澆愁
澆不熄惶恐
眼瞼一片紅海
無肉不歡的酒友逢場嘻哈
賒不了賬　　搔不了癢
耳邊鍵盤殘留焦灼痕迹
指頭發燙

夢工廠麻醉藥效持續
伺機腐蝕意志
囚禁可能的清醒
掩蔽良知
陷困羔羊沉溺在混沌宇宙
兜兜轉轉　　出不來

2018年7月27日

Ada Orang Terlena Dalam Mimpi

Dahi ditekan untuk meditasi
bayangkan dengan mata tertutup
bunga-bungaan mekar di taman mimpi
puncak pokok penuh dengan buah-buahan yang berbahagia
lagu perjuangan hidup dinyanyikan sepanjang perjalanan, menerpa ke masa depan

Tidur di katil besar yang dilanda kemelesetan ekonomi
minum arak sepanjang malam untuk menghilangkan kerisauan
kegugupan tidak dapat dluputkan
kelopak mata seperti lautan merah

Rakan-rakan yang suka minum arak dan makan daging
mengambil kesempatan untuk berseronok
tidak boleh berhutang, tidak dapat memuaskan hati
papan kekunci di tepi telinga tertinggal kesan terbakar
jari rasa panas sekali

Kesan anestetik kilang mimpi berterusan
mencari peluang mengakis tekad
mempenjarakan kesedaran yang mungkin
dan menutup hati nurani
anak kambing yang terperangkap itu tenggelam dalam kesamaran alam semesta
berputar-putar, tiada jalan keluar

自保圍籬

類似臨時集中營
獨立前的新村剪影
埋著前人背負的包袱
為防盜賊
保安圍籬覆蓋城鎮大小社區

堵起一道網牆
實施門禁卡和閉路監控
打擊罪案　　遏阻入侵
保安亭監視
進出的車輛人流
應對警力不足
攫奪　　爆竊　　搶匪橫行
自救自保急不容緩

寄以厚望的保安人員
有時是魁梧壯青
有時是滿頭白發的年邁長者
有時是青澀少年
走馬燈般常換臉孔
經過保安亭
人人都有拆不掉的心理圍籬

2018年8月5日

Pagar Perlindungan Diri

Sama seperti kem tahanan sementara
lakaran kampung baru sebelum kemerdekaan
menyembunyikan beban yang didukung orang-orang dahulu
untuk mencegah pencurian
pagar keselamatan meliputi komuniti besar dan kecil di bandar dan pekan

Sebuah pagar kawat didirikan
kad kawalan pintu masuk dan pengawasan litar tertutup dilaksanakan
membanteras jenayah, menghalang pencerobohan
pondok keselamatan untuk mengawasi
aliran kenderaan dan manusia masuk dan keluar
menangani kekurangan tenaga polis
perebutan, pencurian, perompakan bermaharajalela
menyelamatkan dan membantu diri, tidak dapat ditolak tangguh lagi

Pengawal keselamatan yang diharapkan tinggi itu
kadang-kadang pemuda tegap
kadang-kadang orang tua yang beruban
kadang-kadang budak lelaki yang belum matang
wajah berubah seperti lantera berputar
berlalu di pondok keselamatan
setiap orang mempunyai pagar psikologi yang tidak dapat dirobohkan

全民夢想

把夢想縫成風鈴
風從此擁有悅耳鄉音
窗口丁零零　　丁零零帶來消息
述說振奮人心的事蹟
涵蓋甘榜新村園丘長屋　　輕風拂臉
沒有隱藏的祕密

把夢想摺成展翅飛鳥
振翅欲飛的吆喝響徹雲霄
遨遊國土　　翱翔的逸趣
回歸　　引頸眺望發亮的
灼熱眼睛

把夢想揉捏成盤中美食
齒齦之間咀嚼香甜
煎餅油條班蘭椰絲卷　　呼喚
童年多元的古早味
擁抱未來

把夢想雕塑成導師先知
心繫蒼生　　慈顏普渡

飽滿睿智的禱語遍灑東西兩境
眾緣內心清明

2018年8月6日

Impian Seluruh Rakyat

Biarlah impian dijahit menjadi giring-giring
sejak itu angin memiliki loghat setempat yang merdu
tingkap membawa berita ketika berkerincing
menceritakan kejadian yang memberangsangkan hati
angin sepoi-sepoi bahasa membelai muka
meliputi kampung, kampung baru, ladang dan rumah panjang
tiada rahsia tersembunyi

Biarlah impian dilipat menjadi burung terbang
teriakan ingin mengepak-ngepakkan sayap bergema nyaring memenuhi
angkasa
menjelajahi tanah air, seronok berterbang
dan kembali, memanjangkan leher memandang
mata panas dan terang

Biarlah impian diadun menjadi hidangan sedap
aroma dikunyah antara gusi
kuih dadar yucakuih kuih rol berpandan dengan carikan kelapa, mencari
pelbagai selera purba zaman kanak-kanak
untuk memeluk masa depan

Biarlah impian dipahat menjadi guru dan nabi

mencintai rakyat jelata, dengan belas kasihan melepaskan mereka

daripada seksaan

doa yang bernas dan bijak tersebar di kawasan timur dan barat

segala yang ditakdirkan berhati jelas

扛一座天秤

輯二

扛一座天秤

他肩上扛一座天秤
左秤盤辛勤勞作　　　盛載
柴米　　油　　鹽
右秤盤陽光煦暖
折疊成　　冬衣

承諾溫飽滋味　　　信誓旦旦
他是行走在鄉間小道的壓路車
一路收割沿途美景　　　有
笑　　聲
偶遇滂沱風雨
嘗　　尖酸淚語

築巢育雛是群鳥天性
他在天秤上疊磚　　　望遠
看雀兒學飛　　　四野無垠
喜見　　炊煙高升
無視多事的過客
計算　　左右平衡
品點　　傾斜危機

2018年6月8日

Memikul Sebuah Neraca

Dia memikul sebuah neraca di bahunya
daun neraca di sebelah kiri bekerja keras, penuh dengan
kayu, beras, minyak dan garam
daun neraca di sebelah kanan bercahaya matahari yang hangat
dilipat menjadi pakaian musim sejuk

berjanji dengan penuh kesungguhan terhadap makanan dan pakaian yang
mencukupi
dia adalah penggelek jalan di desa
pemandangan indah dituai sepanjang perjalanan, terdapat
suara ketawa
ada kalanya dilanda hujan lebat dan angin ribut
merasai kata-kata yang menyakitkan hati

Membuat sarang untuk membela anak adalah naluri burung
dia menyusun batu bata di neraca, memandang ke kekejauhan
memerhati burung yang belajar untuk terbang, padang luas tanpa batasan
suka melihat asap naik dari cerobong dapur
tanpa menghiraukan tamu dalam perjalanan yang cerewet
keseimbangan kiri dan kanan, dihitung
krisis kecondongan, dinilai

.

奶奶與孫女兒

避過汪洋大盜

逃過傳染病　　　跨過

同伴冰冷的屍體

鄉音像花香　　　她講閩南話

嬌滴滴的嗓腔

清爽如熱帶的海島氣候

她是南來的　　　一枝獨秀

五十年後季候風依舊

誰都能飛的情緣橫跨南中國海

孫女兒隨父從天而降

不經點頭　　　一蹴而就

她用他加祿語交談　　　在家鄉

和父親講英語　　　以馬來西亞的天氣

說ABCD

日子慢慢過去

孫女兒躲在樓上打遊戲

樓下奶奶愛看連續劇

她爸正考慮

是不是該買翻譯機

2018年6月23日

注：他加祿語（TAGALOG），菲律賓國語。

Nenek Dan Cucu Perempuan

Mengelakkan diri daripada lanun
melepaskan diri daripada penyakit berjangkit, melangkah
mayat rakan yang dingin
loghat tempatan seperti aroma bunga, dia bercakap dialek Minnan
suaranya lembut manis
segar seperti iklim pulau di kawasan tropika
dia dari selatan, pertumbuhan yang unik

Selepas 50 tahun, monsun kekal seperti dulu
siapa pun ada kecintaan untuk terbang, menyeberangi Laut Cina Selatan
cucu perempuan datang tiba-tiba bersama-sama dengan ayah
tanpa mengangguk, selangkah sudah jadi
dia bercakap Tagalog, di kampung halamannya
bercakap bahasa Inggeris dengan ayah, gunakan cuaca di Malaysia
untuk bercakap ABCD

Masa berlalu perlahan-lahan
cucu perempuan bersembunyi di tingkat atas bermain permainan video
nenek suka menonton drama bersiri di tingkat bawah
ayah sedang mempertimbangkan
adakah itu masanya untuk membeli mesin terjemahan

下輩子不再相見

為求伊人再次路過
他願作石橋
受五百年風吹、日曬、雨淋
經典重現
奢望下世能再
相見

芸芸眾生裡尋覓
五百次回眸
嫣然一笑　　擦肩
佇候　　已化身石橋
只與風雨廝守
難回首

奢望留給下輩子
下輩子
不再相見

2018年6月23日

Tidak Akan Bertemu Lagi Dalam Kehidupan Selepas Kematian

Demi meminta perempuan itu berlalu sekali lagi
dia ingin menjadi jambatan batu
menghadapi angin, matahari dan hujan selama lima ratus tahun
yang klasik itu muncul lagi
berharapan besar dalam kehidupan selepas kematian, dapat
bertemu

Biarlah lima ratus kali penolehan ke belakang dicari
di antara semua makhluk hidup
senyum seketika, menyentuh bahu
dan menunggu, telah berubah menjadi jambatan batu
hanya ditemani angin dan hujan
sukar untuk mengingat kembali

Berharapan besar ianya ditinggalkan untuk kehidupan selepas kematian
dalam kehidupan itu
tidak bertemu lagi

無所謂

工作日十時出門
十一時打卡　　不在意
同事們驚疑的目光
沒準時九點鐘到位
傍晚加班補回　　他無所謂

轎車路稅新貼紙　　塞入
車內小櫃
偶遇車檢掏出展示
不會累贅

几上杯盤狼藉
滿屋煙蒂
頭髮蓬鬆　　衣衫不整
也無所謂

星期日早上酣睡如泥
錯過　　足球賽經典戰役
跳過營養主餐　　頭腦困頓
精神萎靡渾渾噩噩
他喃喃囈語
都　　無所謂

2018年6月24日

Tidak Jadi Apa

Bertolak jam 10 pada hari kerja
jam 11 melaporkan diri, tidak mengendahkan
mata hairan dan ragu-ragu daripada rakan-rakan sejawat
tidak hadir tepat jam 9
bekerja lebih masa pada petang, tidak jadi apa

Pelekat baru cukai jalan kereta, dimasukkan
ke dalam kotak kecil di dalam kereta
sekali-sekala dikeluarkan untuk pemeriksaan pegawai
tidak menjadi beban

cawan dan pinggan terserak-serak di atas meja
rumah penuh dengan puntung rokok
rambut kusut-masai, pakaian tidak kemas
tidak jadi apa

Tidur lena pada pagi hari Ahad
melepaskan peluang menonton pertempuran klasik bola sepak
makanan utama yang berkhasiat disia-siakan, otak penat sekali
tidak bersemangat, tolol dan bingung
dia menggumam
semuanya tidak jadi apa

一雙小腳

沙丁魚離開海洋
游入鐵罐輾轉運送
添加大蔥番茄醬
又再出遊
上桌　　化作美味佳餚
惟開了口的鐵罐
沙丁魚的兩個棄屑變成她的
一雙小腳
內塞碎布與棉花
減少摩擦　　減少疼痛
艱辛歲月　　一步一步
慢慢走到天荒地老
顛覆了貧富論
圍觀的群眾汗顏
施虐的戰亂可恥

2018年6月25日

後記：報載敘利亞一名8歲女童天生沒有下肢，在資源匱乏的難民營中，
　　　只能夠用兩個沙丁魚罐頭充當義肢，在沙地慢慢行走。

Sepasang Kaki Kecil

Ikan sardin meninggalkan lautan
berenang ke dalam tin dan diangkut dari satu tempat ke tempat lain
sos tomato bawang dimasukkan
pergi melancong lagi
menjadi hidangan yang lazat di atas meja
tin yang telah dibuka
dua buah peti yang telah dibuangkan itu menjadi
sepasang kaki kecil
carik kain dan kapas dimasukkan
mengurangkan geseran, dan kesakitan
masa penuh kesukaran, langkah demi langkah
dan perlahan-lahan berjalan menuju ke keabadian
menumbangkan teori kaya dan miskin
para penonton di sekeliling merasa amat malu
penyeksaan daripada perang adalah memalukan

25 Jun 2018

Catatan : Mengikut laporan berita, seorang gadis berusia 8 tahun dari Syria
dilahirkan tanpa anggota badan bawah. Di kem pelarian yang serba
kekurangan itu, dia hanya dapat menggunakan dua buah tin sardin
yang kosong sebagai anggota badan palsu untuk berjalan perlahan-
lahan di atas pasir.

小鎮遺老

早上八點鐘　　耆老圍坐咖啡店
喝海南咖啡吃乾咖哩麵
閩南話參雜三幾句華語
問安寒暄嘮叨家常
聲音低沉　　聲速緩慢
像街上稀薄無力的空氣
飽肚後四散。帶著咖啡香
掂量棕油價格起落不定
一老自駕朝向拿督村
二老外勞代駕奔往直昂港
三老洋貨　　四老五金
問價還價同一條街
餘下眾老悠閒在家追看連續劇
噢，戲裡的兒孫也一樣
逢年過節才回家

2018年6月28日

Orang-orang Tua Di Pekan Kecil

Pada pukul 8 pagi, orang-orang tua duduk mengelilingi meja di kedai kopi

minum kopi Hainan makan mi kari

dialog Minnan bercampur dengan beberapa kalimat Mandarin

bersalam dan bersembang juga berleter tentang perkara rumah tangga

suara rendah, dan perlahan-lahan

bagaikan udara yang lemah dan tipis di jalan

selepas kenyang lalu bersurai. Dengan membawa aroma kopi

berfikir tentang harga minyak sawit yang naik dan turun

seorang memandu dengan sendiri ke arah Kampung Datuk

seorang yang buruh asingnya memandu membawanya terus ke pelabuhan

orang tua yang ketiga menjual barang-barang asing

orang tua yang keempat menjual barang-barang logam

yang lain dengan senang-lenangnya menonton drama bersiri di rumah

oh, anak-anak dan cucu-cucu dalam drama juga sama

akan pulang ke rumah ketika ada perayaan

有一天我們會變老

時候到了就變

變得頭髮稀疏　　　兩鬢斑白

變得滿臉皺紋

肌膚失去光澤、彈性

變得重聽

視力、記憶力衰退

反應變差　　　靈敏度下降

只記得久遠的人事

眼前的？你是誰？

我們都是　　　魔術師

一直變　　　變　　　變

端午時節吆喝龍舟賽事

淘浪翻江

中秋月夜輕風吹過

樹影婆娑

我們　　　不是魔術師

季節更替時刻　　　我們

自然換裝

2018年7月3日

Pada Suatu Hari Nanti Kita Akan Menjadi Tua

Apabila sampai waktunya, akan berubah

rambut menjadi jarang, kedua-dua belah pelipis menguban

seluruh muka berkerut

kulit kehilangan seri dan keanjalan

sukar untuk mendengar

penglihatan dan ingatan berkurang

reaksi menjadi lemah, sensitiviti turun

hanya ingat akan urusan manusia yang lama

orang di hadapan? siapakah awak?

kita semua adalah ahli sihir

sentiasa berubah, berubah dan berubah

Pada Pecun, sorakan pertandingan perahu naga

membawa gelombang berdebur

pada malam bulan pertengahan musim rontok, angin bertiup sepoi-sepoi

bahasa

bayangan pokok bergoyang-goyang

kita bukan ahli sihir

ketika musim beralih, kita

menukar pakaian dengan sendiri

空巢

雛鳥高飛巢就空了
枝葉獵獵作響迎風揮別
夾著鴻鵠之志鵬程萬里
巢內余溫漸涼
啁啾聲歇
二十載嘮叨語音堅定
現在喑啞顫抖
歡笑淚水摺疊在不同角落
同時於拐彎處散脫
夢裡藏匿的風景偷偷洩密
每一幅都是經典
每一頁都無可取代
目送孩兒遠航的老叟鄉巢也空了

2018年7月4日

Sarang Kosong

Anak burung terbang tinggi ditinggalkannya sarang kosong

ranting dan dedaun menderu-deru, mengucapkan selamat jalan dalam

angin

dihidupkan dengan cita-cita tinggi, menempuh perjalanan ribuan batu

suhu dalam sarang semakin sejuk

kicauan lenyap

dua puluh tahun, suara berleter itu tegas

sekarang menjadi serak dan gementar

suara ketawa dan air mata wujud di sudut yang berbeza

terpencar dan jatuh di keluk pada masa yang sama

pemandangan yang tersembunyi dalam mimpi

secara senyap-senyap membocorkan rahsianya

setiapnya adalah klasik

setiap halaman tidak boleh digantikan

lelaki tua yang menyaksikan pelayaran anaknya

sarang kampungnya juga kosong

下一個路口

來到路口心存疑慮

向前　　　向右　　　向左

必須作出選擇

選擇對錯　　將出現不同結果

對或錯會去到不同地方

不同地方有另一個路口

另一個路口前面又必須再作選擇

一直前進不斷重複

遇到新路口再作新選擇

除非打算回頭

回頭也是要面對路口

回頭後同樣的路口卻不是同一個時空

不同時空的路口還是

必須選擇

孰是孰非　　除了選擇

我們沒有別的選擇

2018年7月5日

Persimpangan Yang Berikut

Tiba di persimpangan dan ragu-ragu
ke depan ke kanan ke kiri
mesti membuat pilihan
pilihan betul atau salah, kesan yang berbeza akan muncul
sama ada betul atau salah, akan sampai di tempat yang berbeza
di tempat lain terdapat persimpangan lain
di persimpangan lain pilihan mesti dibuat lagi
ulangan diteruskan ketika bergerak ke depan
pilihan baru dibuat apabila bertemu persimpangan baru
kecuali hendak berpatah balik
berpatah balik juga mesti menghadapi persimpangan
setelah berpatah balik, persimpangan yang sama bukanlah masa dan
ruang yang sama
pilihan mesti dibuat juga di persimpangan yang masa dan ruangnya
berbeza

Mana yang betul, mana yang salah, melainkan membuat pilihan
kami tidak mempunyai pilihan lain

拐彎

縱橫交錯路有千條

為生活拼搏高歌

腳下航向之外

勇往直前之外

他說尚有選項

停一停　　看見弄巷閒趣

歇一歇　　品味街口香茗

拐一個彎景色驟變

拐另一個彎又更換場景

前後左右　　都各有

絕妙風情

2018年7月6日

Membelok

Terdapat ribuan jalan yang silang-menyilang
bertungkus lumus untuk hidup
selain daripada haluan
selain daripada berani maju terus ke depan
dia berkata masih ada pilihan
berhenti sekejap untuk melihat suasana lega di lorong
rehat sekejap untuk menikmati teh harum di persimpangan
selepas satu kelok pemandangan berubah secara mendadak
selepas kelok yang lain adegan bertukar lagi
di depan, belakang, kiri dan kanan, masing-masing mempunyai
gaya yang indah sekali

風裡來雨裡去

循例穿入人潮　　熙熙攘攘
彷彿走進了祭祀通道
有一種快感在血流裡傳遞
闊步挺胸　　越過人群
正要入睡的貓頭鷹張眼斜視
沒有宣洩情緒
維持健捷速度搭上早班車
腦力搏擊準時到崗
滿桌文檔恭候迎迓如列陣旗隊
美麗的早晨不覺訝異
讓顏色飛舞是畫手專長
可以黑白分明
可以同時考驗業務招徠分身術
以勝利的坐姿　　把座椅壓垮

頭上燈火明亮燃起追夢熱度
與戶外熙和的陽光掛鉤
心裡有飛的衝動　　繞過地球
還有月光的溫柔
爭分奪秒後疲憊下崗
從驚疑過渡到一彎淺笑
再次投入茫茫人海

眨眼的星群不動聲色
把不安摺起　　夜空微涼

2018年7月7日

Berlalu Di Dalam Angin Dan Hujan

Berlalu di dalam arus manusia seperti biasa

seolah-olah masuk ke dalam laluan sembahyang

terdapat keseronokan dalam aliran darah

berjalan dengan megahnya menyeberang orang ramai

burung hantu yang hendak tidur itu dengan matanya menjeling

tanpa melepaskan emosi

dengan kelajuan yang dikekalkan untuk menaiki bas awal

daya otak berjuang supaya dapat hadir di tempat kerja tepat pada waktu

dokumen penuh di atas meja seperti pasukan bendera sedia menyambutnya

pagi yang indah tidak merasa hairan

menjadikan warna itu menarik merupakan kemahiran khusus pelukis

warna hitam dan putih dapat dibezakan

dapat menguji urus niaga yang membawa teknik meluangkan masa

dengan gaya yang berjaya menekan dan memecahkan kerusi

Cahaya lampu di atas kepala terang memanaskan impian

dihubung kait dengan cahaya matahari yang hangat di luar

terdapat di dalam hati dorongan hendak terbang, yang melintasi bumi

juga kelembutan sinaran bulan

pulang dengan letihnya selepas mengejar waktu

dari kejutan beralih kepada senyuman

sekali lagi masuk ke dalam arus manusia

bintang-bintang berkelip dengan tenangnya

menyimpan kegelisahan, langit malam sedikit sejuk

星期日公園相遇

公園早晨微笑
踢踏體健舞娘子軍
操練如兵　　吆喝聲中
暖流淌過繞禪居士
一圈一圈八卦
圈出曇花
側邊健步將卒隨隊迎上
沿湖一路石板沒入盡頭
氣功師兄弟巧勁折腕　　提腿吞吐
呼吸之間舒胸散瘀
還有巾幗英豪獅吼
太極推手的　　野馬分鬃……

星期日相遇　　我們　　會心微笑

2018 年 7 月 10 日

Pertemuan Di Taman Pada Hari Ahad

Senyum di taman pada pagi

kumpulan wanita menari tarian senaman

berlatih seperti askar, sambil berteriak

arus hangat mengelilingi penganut awam agama Buddha

bulatan demi bulatan berbentuk alat nujum bersegi lapan

membentangkan bunga tasbih

panglima dan askar berjalan cepat di sebelah maju ke depan mengikut

pasukan

batu hampar di sepanjang tasik menuju sampai ke hujung

pelajar-pelajar lelaki yang berguru sama mempelajari seni bernafas

bijak memutar pergelangan tangan, angkat kaki untuk bernafas

melegakan dada dan menghilangkan pembekuan darah

terdapat juga ngauman wira wanita

pemainTaiji yang menggerakkan tangan, ke arah berlainan

Bertemu pada hari Ahad, kita tersenyum

上車，下車

自動列車依時川行
形色匆匆有人上車　　　有人下車

人潮高峰時挨著身體
密封的車廂裡
醞釀獵豔反應　　　互聞氣息
可我們並不相識
短暫的親密接觸　　　沒有
曖昧關係

我們不交談　　　甚至沒有眼神交流
四周都是陌生臉孔
麻木是孤寂的代言人
車廂裡的空調
總是特別冷

我們各有列車
依軌道滑向茂密森林
地面樹影晃動認不出容貌
高陽只能斜照
伸出長手
收集髮梢的冥想時光

2018年7月11日

Naik Kereta Api, Turun Dari Kereta Api

Kereta api automatik berjalan mengikut masa
penumpang naik dan turun secara tergesa-gesa

Pada puncak arus manusia, saling menyandarkan badan
dalam gerabak yang tertutup
timbulnya reaksi mencari perempuan cantik, saling menghidu bau
tapi kami tidak saling mengenal
hubungan intim jangka pendek
tanpa hubungan tidak jujur

Kami tidak bercakap, malah tidak mempunyai hubungan mata
dikelilingi oleh wajah yang tidak dikenali
kekebasan merupakan jurucakap untuk kesepian
penyaman udara di dalam gerabak
sentiasa sangat sejuk

Kami mempunyai kereta api masing-masing
meluncur ke hutan yang padat mengikut lantasan
bayangan pokok di atas tanah bergoyang-goyang tidak dapat mengenali wajah
matahari tinggi hanya dapat memancarkan cahaya secara condong
tangan panjang dihulurkan
mengumpul waktu meditasi daripada hujung rambut

仰望高樓

他總是仰望高樓
日與夜
扣在背後的鞭子纏繞
回到四十年前上一輩的高度
舉頸　　仰　　望
四十年後不同的弧度
脖子撐得
更　　高

報載市道不景
蝸居滯銷
兩萬個黑白或彩繪的蝸殼擱在碉堡
他是沒有身價的無殼
蝸牛　　只能
餐風宿露　　只能
嘆息　　繼續
仰　　望
無奈漫遊

2018年7月12日

Melihat Ke Atas Bangunan Tinggi

Dia selalu memandang ke atas bangunan tinggi

pagi dan malam

dibelit oleh cambuk yang dikancing di belakang badan

kembali ke ketinggian generasi sebelumnya empat puluh tahun yang lalu

leher diangkat untuk memandang ke

radian berlainan selepas empat puluh tahun

leher disokong

lebih tinggi

Harga pasar tidak baik mengikut laporan akhbar

tempat tinggal yang sempit susah dijual

20,000 buah cangkerang siput hitam dan putih atau berwarna diletakkan

di kubu

dia tiada kulit tiada nilai

siput hanya dapat

makan dan tidur di luar, hanya dapat

mengeluh, terus

memandang

dan merayau-rayau secara tidak berdaya lagi

盛宴

大宴廳冠蓋雲集

烈焰紅唇漾開似火誘惑

舉手投足間掀起時尚熱議

水酒禮尚往來

隱隱然入肚焚身

化己為彼

他嘗的酸甜

不是　　我嘴裡的酸甜

他心口的錐痛

不是　　我切身之痛

滿桌佳餚　　突然無話

盛宴當前

筷箸　　摔了一地

2018年7月14日

Jamuan Besar-besaran

Perhimpunan pegawai-pegawai tinggi di dewan besar

bibir merah yang menyala menyebarkan api yang mempesonakan

setiap gerak-geri menimbulkan perbincangan tentang fesyen

air dan arak dihantar bergilir-gilir

samar-samar rasa api berbara di dalam perut

dirinya diubah menjadi yang lain

manis dan masam yang dirasainya

bukan manis dan masam di mulutku

kesakitan di hatinya

bukan kesakitan teruk aku

meja yang penuh dengan makanan sedap, tiba-tiba diam saja

di depan jamuan besar-besaran

penyepit jatuh berselerak di atas lantai

流浪漢

我愛自由

玩失蹤是拿手本領

兜轉數月　　數周　　又回來巡遊

沒人知道我的行蹤

沒有不可歇腳的地方

後巷　　五腳基　　睏了就睡

衣衫破爛　　一頭亂髮

頭臉手腳長滿汙垢

會惹你嫌厭　　但謝絕憐憫

垃圾桶裡的廚餘殘餚已足夠溫飽

渴了就喝　　不問水源

累了躺下便雲遊四海

你諄諄追問

過去未來問號冒泡

我想我的　　我吹口哨

車來了說是送我去養老

我放了個屁　　馬上逃

如果我又失蹤了

不要懷疑　　肯定是去了他處

另找逍遙

2018年7月15日

Pengembara

Aku suka kebebasan

hilangkan diri merupakan kemahiranku

berpusing-pusing beberapa bulan, dan minggu, kemudian kembali untuk

berkeliaran

tiada siapa yang tahu ke mana aku pergi

mesti ada tempat untuk berehat

mengantuk lalu tidur di lorong belakang dan kaki lima

pakaian compang-camping, rambut kusut-kasau

kepala dan tangan penuh dengan kotoran

akan membuat kau benci, tapi menolak belas kasihan

sisa makanan dalam tong sampah sudah cukup untuk makan kenyang

minum apabila dahaga, tak kira mana sumber airnya

apabila letih, akan berbaring dan terus mengembara ke seluruh dunia

kau bertanya dengan ikhlasnya

tentang masa dulu masa depan sehingga tanda soal menggelegak

aku berfikir tentang aku, dan bersiul

kereta datang dan berkata bahawa ianya akan menghantar aku ke rumah

orang tua

aku melepaskan kentut, lalu melarikan diri

sekiranya aku hilang lagi

jangan ragu, pasti telah pergi ke tempat lain

untuk mencari keseronokan

防盜鈴哀歌

我確認它不曾擁有生命
雖然它日以繼夜　　　無賞奉獻

晚上　　　它是守衛整座樓房的巨獸
接過指令　　　所有門窗都在它監控下嚴守
主人家可以高枕無憂
遇有不速之客　　　它將
吆喝吼叫　　　阻嚇入侵
也喚醒睡夢中人
警惕可能的破屋竊盜
防患未然。而在

白天　　它是鎮守整個空城的將領
有時僅僅一個上午
有時日落西山　　　直到君侯返城
武裝方卸。多年
以後　　　它突然開始在夜裡失禁
腹瀉聲響如雷
在陽光普照時　　　選擇性
痛哭哀嚎　　　驚惹狐疑慰問

它確實非我族類
雖然罹患老人痴呆症狀明顯

2018年7月30日

Nyanyian Sedih Loceng Yang Mencegah Pencurian

Aku mengenal pasti bahawa ia tidak pernah bernyawa
walaupun ianya memberi sumbangan siang dan malam secara percuma

Malam, ia adalah raksasa yang menjaga seluruh bangunan
arahan diterima, semua pintu dan tingkap dipantau secara ketat di bawah
pengawasannya
tuan rumah dapat tidur nyenyak tanpa risau
apabila tersua orang tak dikenali, ia akan
menjerit dan mengaum, menakutkan penceroboh
juga membangkitkan orang yang tidur bermimpi
berwaspada terhadap kemungkinan pencuri masuk rumah dengan
memecahkan pintu
mengambil langkah berjaga-jaga. Dan pada

siang hari, ia adalah panglima yang menjaga seluruh bandar kosong
kadangkala hanya satu pagi
kadangkala sampai matahari terbenam sehingga raja dan pembesar
kembali ke bandar
barulah semua senjata diturunkan. Bertahun-tahun

kemudian, ia tiba-tiba tak dapat menahan buang air kecil pada waktu malam
cirit-birit seperti bunyi guruh

di bawah sinaran matahari, secara pilihan

meratap dan meraung-raung, terkejut dan timbulnya pertanyaan serta

simpati

Ia memang bukan bangsa aku

walaupun gejala demensia orang tua adalah jelas

陌生人的喜怒哀樂

他以陌生人註冊為用戶
急不及待躍登社交平臺
按證實鍵　　接納所有的交友要求
把自動羅列的加友名單　　全數加入
別人的視窗畫面一律按讚
不忘貼上自己的近照
含笑　　殷殷問候

他點閱陌生人的貼文
（其實是角色對換）
多的是圖文並茂　　衣食住行
毫不遮掩　　燦爛絢麗只隔著
一面屏幕　　他動容介入

日復一日
機不離手
把自己關在樓上
把自己囚在客廳角落
致力尋找遺落的喜怒哀樂
身邊的親人越來越陌生
身邊的景物越來越縹緲

2018年8月7日

Pelbagai Perasaan Orang Asing

Dia gunakan orang asing untuk berdaftar sebagai pengguna
tidak sabar lagi untuk melompat ke platform sosial
butang pengesahan ditekan untuk menerima semua permintaan rakan
senarai rakan yang muncul secara automatik itu dimasukkan
semua skrin tingkap orang lain ditekannya sebagai suka
tidak lupa untuk membubuh foto sendiri
dengan senyuman, bersalam secara ikhlas

Dia mengklik pada setiap siaran orang asing
(sebenarnya ialah pertukaran peranan)
lebih banyak tentang gambar bersama teksnya, dan keperluan hidup yang utama
tiada sesuatu yang tersembunyi, semua yang cerah dan indah itu dipisahkan oleh
sekeping skrin, dia melibatkan diri dengan perasaan terharu

Hari demi hari
telefon bimbit tidak ditinggalkannya
menutup diri di tingkat atas
mempenjarakan diri di sudut ruang tamu
dengan sedaya upaya mencari pelbagai perasaan yang telah hilang itu
saudara-mara di sekeliling menjadi semakin asing
pemandangan di sekitar menjadi semakin samar

泥足

從一枝煙開始
慢慢燒掉戶頭存額　　燒掉
荷包裡各色銀卡的信用　　燒掉
剛起步的前程　　燒掉
曾經擁有的光明
燒掉了　　父母的愛憐

身處煉獄
如今烈火焚心
喑啞孤魂焦頭爛額
蹣跚拖行

灰燼萬里
已經沒有眼淚
（若還有淚　　那是羞恥的懺悔）
所有的榮譽和希望都踐踏在泥坑
錯過的懊悔回不了頭
雙足深陷
一地冰涼

2018年8月9日

Kaki Berlumpur

Mulakan dengan sebatang rokok
perlahan-lahan membakar deposit akaun, dan membakar
kepercayaan pelbagai kad kredit dalam dompet, dan membakar
masa depan yang baru bermula, dan membakar
hadapan cerah yang pernah dimiliki
juga telah membakar kasihan ibu bapa

Berada di dalam neraka
sekarang api berkobar-kobar membakar hati
jiwa yang tersendiri dan pekak itu menemui kecelakaan
berjalan terhuyung-huyung

Abu bertaburan ke ribuan batu jauhnya
tanpa tangisan
(sekiranya masih ada air mata, ianya adalah penyesalan yang memalukan)
semua kemuliaan dan harapan dipijak di lubang lumpur
penyesalan yang disia-siakan tidak dapat berpatah balik
kedua-dua kaki terperosok ke dalam
rasa dingin di seluruh tempat

連根拔起

可能的枯萎
埋葬纖弱殘枝
致命的撕裂
源於雷電一擊
蟲蟻侵腐
避不了百孔千瘡

最怕是遇上劊子手
嗜血暴虐成癮
大刀狂舞
方圓十里頓成屠場
粗細園林連根拔起
傷了樹下小草
傷了左鄰右舍
傷了親情

誰可保證一棵樹能長多壯
能長多高
雖然熙陽呵護
枝叶繁盛來自雨水泥土的滋養
成長充滿變數
一條難以估測的漫長道路

2018年8月14日

Membantun

Kemungkinan layu
ranggas halus dikuburkan
kekoyakan yang membawa maut
akibat daripada mogok kilat
serangan serangga
meninggalkan luka-luka parah

Paling takut menghadapi algojo
ketagihan kepada darah dan kezaliman
pisau besar diayunkan dengan liarnya
sepanjang garis sekeliling sepuluh batu tiba-tiba menjadi rumah sembelih
taman tebal dan nipis dibantun
mencederakan rumput di bawah pokok
mencederakan jiran-jiran
mencederakan persaudaraan ahli keluarga

Siapa boleh menjamin bahawa berapa lamanya sepohon pokok dapat
bertumbuh dengan kuat
berapa ketinggian dapat dicapainya
walaupun dijaga sinaran matahari yang hangat
dedaun dan ranting subur bersumber daripada khasiat hujan dan tanah
pertumbuhan menghadapi banyak perubahan
merupakan perjalanan panjang yang tidak dapat diramalkan

最後的告別禮

輯四

訣別（一）

我聽出哽咽。啜泣來自另一端
無法形容喑啞的摧心與哀傷
唯一的囑咐：速回
我立即停止尋找
滋養的需要
支撐的需要
失禁的需要
終極治療的需要
車身顛簸一路震盪都說
不需要了不需要了不需要……

陰鬱的午後我趕上最後的告別

2014年4月13日

Perpisahan Selama-lamanya (1)

Aku terdengar tangisan terisak-isak. Tangisan datang dari sudut lain
tidak dapat menggambarkan kesedihan daripada suara serak
hanya satu pesanan: pulanglah segera
lalu aku berhenti mencari
keperluan khasiat
keperluan sokongan
keperluan untuk inkontinensia
keperluan untuk rawatan muktamad
kereta tergoncang-goncang sepanjang jalan, katanya
tidak perlu lagi, tidak perlu lagi, tidak perlu lagi...

Selepas petang yang suram, aku dapat menghadiri perpisahan terakhir

訣別（二）

曾哀嘆所謂機率
掙扎、抱怨、控訴，曾想
放棄。歷史該記這一筆
你挺直的背脊撐起一堵牆
遮擋風雨陰霾，用溫柔
撫慰幼小的心靈，用雙手
拭乾親人的眼淚
都熬過了。八年抗爭
終究要掉隊
終究無力
再次舉起，優雅的
手勢

子夜時分，佛號南無，我低聲相送

2014年4月13日

Perpisahan Selama-lamanya (2)

Pernah mengeluh tentang apanya peluang

pernah berfikir bahawa rontaan, sungutan dan dakwaan

dilepaskan. Sejarah harus mencatat ini

belakang tubuh kau yang lurus itu mendukung sebuah dinding

menahan angin dan hujan, gunakan kelembutan

menyenangkan hati yang masih muda, gunakan tangan

menghapus air mata anggota keluarga

semuanya telah dialami. Lapan tahun perjuangan

akhirnya meninggalkan pasukan juga, tidak berdaya lagi

mengangkat gerak tangan

yang anggun

Pada tengah malam, dalam doa Buddha, aku menghantar kau dengan

suara rendah

臨終關懷

靈性掏空後
藥物主宰軀殼
開始迷戀白色權威
在不知名的點滴裡
尋找依靠
請結束爭吵
當生命只剩下尊嚴
別再販賣手術刀
招徠電療
與化療
配套

2014年5月3日

Prihatin Pada Saat Akan Mati

Selepas kerohanian dikosongkan

ubat menguasai badan

mula terpikat oleh kewibawaan warna putih

pergantungan dicari

daripada pemasukan ubat yang tidak dikenali melalui pembuluh darah

tolong selesaikan pergaduhan

apabila hidup hanya tinggalkan maruah

hentikan menjual pisau bedah

pakej elektroterapi

dan kemoterapi

善終

讓緊追焦灼心跳的腳步放慢
歇一歇
為日漸逼近的嚴冬思量
揮動遲緩的手勢
祈求　　　沒有橫禍
祈盼　　　可以安枕長眠

停下來思考
當年華老去
生死懸於一線
堅決拒絕復蘇　　　拒絕
白色恐怖的二度傷害

擁抱身心安寧　　　無痛療護
尊重僅有的話語權
掂量
自己的身後事
親人的告別式
遺囑遺言　　　一如所願

2016年4月29日

Mati Kumlah

Biarkan langkah-langkah yang berdebar dan risau itu diperlahankan
rehat sekejap
berfikir tentang musim sejuk yang dahsyat dan semakin dekat itu
isyarat tangan digerakkan secara perlahan
berdoa tidak ada bencana
berdoa dapat tidur malam dengan baik

Berhenti untuk berfikir
apabila umur menjadi tua
nyawa menghampiri pintu maut
bertekad bulat untuk menolak pemulihan, menolak
kerosakan kali kedua daripada teror putih

Berpeluk dengan kedamaian minda dan badan, rawatan tanpa rasa sakit
hormati satu-satunya hak untuk bercakap
berfikir tentang
urusan diri selepas kematian
upacara perpisahan daripada ahli keluarga
dan wasiat serta pesanan terakhir seperti yang diharapkan

終於可以說再見

他說總有一天會經歷死亡
爬上牆角
以免傾斜跌倒
為尋找藏匿的哀嚎
滿屋憂傷

歲月掛在樹梢
聒噪爭論葉落歸根是否同調
一年那麼長
合唱戛然而止　　偌大的舞臺
四竄驚惶

與上帝眾神激辯的聲音遠逝
生死大師庫布勒羅絲整裝在書架上觀望
原來所有的詩篇都是告別的手勢
剪刀　　石頭　　布
於是　　我可以說再見

2016年12月13日

Aku Akhirnya Dapat Mengucapkan Selamat Tinggal

Dia berkata bahawa pada suatu hari dia akan menemui maut
memanjat ke atas sudut dinding
untuk mengelakkan daripada jatuh kerana condong
demi mencari ratapan yang tersembunyi
rumah penuh dengan kesedihan

Masa tergantung di puncak pohon
bising dalam perdebatan tentang
setinggi-tinggi terbang bangau, akhirnya hinggap di kubangan juga
adakah itu beraspirasi yang sama
setahun lamanya
koir tiba-tiba berhenti, di pentas yang begitu luas
terkejut dan berlari tunggang langgang ke merata tempat

Suara berdebat hebat dengan Tuhan dan dewa-dewa adalah semakin jauh
Kubler Ross, sarjana mengkaji hidup dan mati, dengan persiapannya
memandang dari rak buku
nyatalah semua puisi merupakan isyarat tangan untuk perpisahan
gunting, batu dan kain
dengan keputusannya aku dapat mengucapkan selamat tinggal

重症病房

擁抱登門尋找依靠的人
牀與牀緊靠
袒開胸膛
忘了沉重的負載
蜷伏　　橫躺　　豎臥
日以繼夜聆聽挫骨的細訴
見証鉛華落盡
熾熱的眼神掩不住唏噓
廊裡廊外的身影
都是過客

2017年3月31日

Unit Rawatan Rapi

Memeluk manusia yang datang mencari pergantungan

katil rapat dengan katil

dada didedahkan

lupa akan beban yang berat

dengan badan meringkuk, melintang, dan lurus

mendengar cerita panjang daripada tulang yang terseksa sepanjang siang

dan malam

saksikan pengakhiran hidup mewah

sinar mata panas tidak dapat menyembunyikan keluhan

bayangan manusia di dalam dan luar koridor

adalah tamu dalam perjalanan

眼睛

您在殿上垂目俯視

溫柔時脈脈含情
似水　　　張臂環山擁抱
溫潤如兩唇相印

哀怨時憂傷掛瞼
若冰　　　雪花漫天飛舞
寒凍如冷霜撲臉

嗔怒時電殛雷擊
若火　　　萬物灰飛煙滅
灼熱如烈焰燎原

一時波平如鏡
讀不出水底的深邃
一時風起翻騰
望不盡邊界的雲湧

您在殿上憐憫俯視
無愛無嗔無怨無苦

2017 年 10 月 19 日

Mata

Anda memandang ke bawah dari balairung

Lembut dengan perasaan mesra
seperti air menghulurkan tangan mengelilingi gunung dengan pelukannya
hangat seperti dua bibir yang berkucupan

Kedukaan muncul di kelopak mata ketika berkeluh-kesah
bagaikan salji berkibar di seluruh langit
sejuk seperti embun beku menghembus muka

Wujudnya kejutan elektrik apabila marah
jika ada api, segala di dunia akan lenyap sama sekali
panas bagaikan api yang berkobar-kobar membakar padang rumput

Ada kalanya air tenang seperti cermin
bahagian bawahnya tidak dapat dibaca
kadangkala angin bertiup dengan air bergelora
keadaan sempadan yang berubah-ubah tidak dapat ditinjau

Anda memandang ke bawah dari balairung dengan kasihan
tanpa kecintaan, tanpa kemarahan, tanpa kebencian, dan tanpa perasaan pahit

自我療癒

哀傷說這是自我療癒

哭　　主唱意外遽逝血淚染紅了舞臺
哭　　巨星墜樓震撼持續風未忘繼續吹
哭　　禿鷹靜候豐宴看穿蘇丹饑童瀕死邊緣空洞的眼
哭　　司機撞後逃拾荒夫婦相擁路邊陳屍小鎮不再安順
哭　　小難民庫爾迪倒臥海灘人道擱淺

哭⋯⋯
生命巨輪一路滾動淚也成河
直到淚腺乾涸心　　中　　淌　　血⋯⋯

2017年12月26日

Penyembuhan Diri

Kedukaan berkata inilah penyembuhan diri

Menangis, kemalangan penyanyi utama yang membawa maut
darah dan air mata memerahkan pentas
Menangis, superstar terjun dari bangunan membawa kejutan terus-menerus
dan angin terus bertiup
Menangis, burung hering botak menunggu kenduri mewah dengan diamnya
mengenali mata kosong kanak-kanak kelaparan yang bernyawa ikan di
Sudan
Menangis, pemandu melarikan diri selepas pelanggaran, dan pasangan
pemungut sampah
mati berpelukan di pinggir jalan, pekan tidak aman lagi
Menangis, pelarian kecil Kuldi berbaring di pantai, dan kemanusiaan
terkandas

Menangis ...
roda hayat terus bergerak ke depan, air mata mengalir seperti sungai
sehingga kelenjar kering, hati berdarah ...

他說他是一尾魚

游在混沌的水中竭力搜尋
苟延殘喘
雙鰭撥動輕微的嘆息

隔著玻璃張望
霓虹燈下水波蕩漾的身影
游啊游　　朦朧不清

被圍剿的卻是焦灼的呼吸
用傷痕累累的肺活量傾訴纏綿愛戀
低吟　　我是一尾魚

他是魚　　只有七秒記憶……

2018年4月26日

後記：聽姚貝娜深情演唱《魚》，有感而作。

Dia Berkata Bahawa Dia Seekor Ikan

Berenang di dalam air yang kegelap-gelapan dan mencari dengan
sesungguhnya
sehingga mendekati ajal
kedua-dua sirip menggerakkan sedikit keluhan

Dilihat melalui kaca
bayangan badan seperti air beriak-riak di bawah lampu neon
terus berenang, sayup-sayup mata memandang

Yang dikepung dan ditumpaskan itu ialah pernafasan risau
gunakan kapasiti paru-paru yang banyak berluka itu untuk menyatakan
cinta berahi
bernyanyi dengan suara rendah, aku seekor ikan

Dia ialah ikan, hanya mempunyai ingatan tujuh saat ......

Catatan : Sajak ini ditulis selepas mendengar lagu "Ikan" daripada Yao Beina
　　　　 yang disampaikannya dengan penuh perasaan.

熊媽媽講故事

夢裡有熊的背影
牽著毛茸小手
不可及的寬袖裡藏匿著　　來世今生
嘗試捕捉走過的足跡
日復一日　　解讀天國的訊息

你們沒有走遠　　親愛的
在冷夜裡噓寒問暖　　輕聲告別我聽得到
哀傷冬眠過後扛起下半生的祝福　　我做得到
屋裡屋外　　話語那麼熟悉
人前人後　　嘆息換作憐惜

化身為熊我不覺意外
是你從故事走了出來　　攜著毛孩
咀嚼曾經的　　失落
傾吐深深的　　思念
眼　　柔和了
心　　柔軟了

2018年5月1日

Ibu Beruang Menyampaikan Cerita

Terdapat bayangan belakang beruang dalam mimpi
memegang tangan kecil berbulu
dalam lengan lebar yang tak dapat disentuh itu
tersembunyi dunia akhirat dan hidup sekarang
cuba untuk menangkap jejak yang pernah dilalui
hari demi hari, membaca mesej kayangan

Oh sayang, kalian belum pergi jauh
menanyakan keadaan pada malam yang sejuk
berbisik-bisik untuk minta diri, dapat kudengarnya
selepas hibernasi kesedihan, dipikul aku ucapan selamat sejahtera
untuk kehidupan separuh kemudian, dapat kulakukannya
di dalam dan di luar rumah, kata-kata itu begitu kenal benar
di depan dan di belakang orang
keluhan bertukar menjadi belas kasihan

Dijelma sebagai beruang aku tak terkejut
kaulah yang keluar dari cerita, membawa anak berbulu
mengunyah rasa lompang yang pernah dialami
meluahkan kerinduan yang mendalam
mata menjadi mesra
hati menjadi lunak

速寫生命故事館

感謝迎候　　讓我坐鎮
喧囂城市一隅
靜謐小室　　體姿日愈豐盈
填滿　　大師的召喚
細聆　　失落的微弱氣息

掀一扇窗讓哀傷的人　　看見哀傷
開一樘門讓失落的人　　撫摸失落
無數的門窗讓知音　　造訪知音
陪伴　　久違的陪伴
風一樣　　來過
揮別時　　不留痕跡

2018年5月28日

Sketsa Tentang Gedung Cerita Kehidupan

Terima kasih atas sambutan, biarkan aku menduduki
sudut bandar yang bising
bilik kecil yang sunyi, susuk badannya semakin montel
penuh diisikan dengan panggilan sarjana
mendengar secara teliti terhadap nafas lemah yang hilang

Bukalah sebuah tingkap untuk orang sedih melihat kesedihan
bukalah sebuah pintu untuk orang kecewa meraba kecewaan
pintu dan tingkap yang tak terhitung jumlahnya untuk kenalan melawat
kenalan
menemani persahabatan yang hilang lama
pernah datang seperti angin
tanpa meninggalkan bekas apabila mengucapkan selamat tinggal

想像

想像可以和你相遇
在起站上車　　時而中站
偶或選擇不同站點
變換風景
跳躍急轉翻騰　　車窗彩色閃動

想像近距離與你道安
淺淺一笑
國事家事天下事在車廂浮游
眼前浪花舞動
垂手可得　　隨意可摘

有時一路向西不下站
追逐落日長軌
綿延的車道壓著思緒
隆隆聲裡不停叨念前塵往事
越去越遠越去越遠　　越　　去　　越　　遠

想像　　天國的你會喜歡

2018年5月14日

Bayangkan

Bayangkan dapat bertemu dengan kau
menaiki kenderaan di perhentian permulaan
kadangkala di perhentian pertengahan
atau kadangkala memilih perhentian yang berlainan
pemandangan berubah
melompat, berbelok tiba-tiba, membolak-balikkan
warna di tingkap berkelip-kelip

Bayangkan bersalam pada kau dalam jarak dekat
tersenyum simpul
hal ehwal negara, keluarga dan dunia terapung di gerabak
percikan ombak menari-nari di depan
diperoleh dengan mudah, dipetik dengan sesuka hati

Kadangkala terus menuju ke barat tanpa berhenti di perhentian
mengejar landasan panjang matahari terbenam
jalan yang panjang terentang menindas perasaan
tak berhenti merindui kejadian dulu dalam bunyi deram-derum
makin maju ke depan makin jauh jaraknya...

Bayangkan kau di kayangan akan bersuka hati

再見，扶貧天使

日昨於冰冷國度與流浪漢一同搓手取暖
探索眼神流露　　空洞的焦慮
今日樹下相伴已身處亞熱帶
靜聆　　傷痛的呼喚
總是　　漂泊無定處
像個背包客　　遠涉重洋
隨喜　　擺　　渡

拐一個彎來到盡頭
榻與榻的轉換　　習以為常
夥伴角色對調
輕聲耳語　　尋聲救苦
推　　開　　孤單
退擋　　孤獨
補添些許妝容
會飛的翅膀　　終歸
常埋　　故土

2018年5月31日

Selamat Tinggal, Malaikat
Pengurangan Kemiskinan

Semalam, aku bersama pengembara berdiang dengan tangan diramas di
tanah yang sejuk
meninjau ekspresi mata yang mendedahkan kebimbangan kosong
hari ini, kami berteman di bawah pokok, dan sudah berada di zon subtropika
secara diam-diam mendengar panggilan kesakitan
sentiasa berkeliaran tanpa tempat penginapan yang tetap
seperti backpacker, melintasi lautan yang jauh
menaiki perahu mengikut kesukaan

Berbelok sampai ke hujung
perubahan katil menjadi biasa
peranan teman saling bertukar
berbisik secara lembut, penderita diselamatkan mengikut suara
menolak keseorangan
berundur untuk menahan sendirian
ditambah dengan beberapa solekan
sayap yang dapat terbang, akhirnya
dikebumikan di kampung halaman untuk selama-lamanya

現代喪屍

穿梭城市擁抱未來的群眾
或站或坐或蹲或走動
一致低頭注視手中屏幕
接聽指令。無形的網罩
覆蓋所有角落
每個人的頭頂都繫著隱形光纖
未知的精靈牽扯他們的心神
日夜膜拜　　臣服。讓人
感覺驚疑

失去靈魂的殘缺之軀
僅存的意識驅使他們匍匐前行
追蹤異腥　　朝往同一方向
假設受監控
全能的新神舞動千手千眼
閃爍懾人。讓人
心生恐懼

2018年6月27日

Zombie Moden

Manusia yang berulang-alik di bandar dengan berfokus pada masa depan
sama ada berdiri atau duduk atau bercangkung atau berjalan-jalan
sama-sama melihat ke bawah pada skrin di tangan
untuk menerima arahan. Tudung jaring yang tak kelihatan
meliputi semua sudut
kepala setiap orang diikat dengan serat cahaya yang tersembunyi
jin yang tidak dikenali menarik hati mereka
penyembahan diadakan siang dan malam sebagai tanda kesetiaan.
Buatkan orang
merasa hairan dan bingung

Pada badan yang cacat dan kehilangan roh itu
kesedaran yang tertinggal mendorong mereka untuk merayap ke depan
mengesan bau hamis dengan menuju ke arah yang sama
andaikan sedang diawasi orang
Tuhan baru yang maha kuasa menggerakkan ribuan tangan dan mata
kelipannya menggentari orang. Buatkan orang
takut hati

遠行

走一趟不回頭的遠行
行囊鎖緊回憶
思念繫在衣袖
近視眼鏡落在隧道口
透光鏡片裡說再會的手勢
把過時的服飾捨棄

當死神與天使共用一個頻道
同時聽到禱告或吐槽
界線變得模糊
黑白攪混如染開的墨跡
打印在行者身上
詭異　　綻放如花

我們在30x30厘米的空間
預留歸宿

2018年7月18日

Perjalanan Jauh

Lakukan satu kali perjalanan jauh tanpa berpatah balik

ingatan terkunci ketat dalam beg perjalanan

kerinduan terikat pada lengan

cermin mata untuk rabun jauh jatuh di pintu terowong

gerak tangan dalam lensa lut sinar yang mengucapkan selamat tinggal itu

membuangkan pakaian yang ketinggalan zaman

Apabila dewa maut dan malaikat berkongsi satu rangkaian

pada masa yang sama dapat mendengar doa atau sungutan

garis sempadan menjadi kabur

hitam dan putih dicampuradukkan, seperti dakwat dicelup

dicetak pada badan pejalan kaki

keanehan, berkembang seperti bunga

Kami di ruangan 30x30 cm

disediakan dahulu tempat kediaman setelah kembali

貓與後巷

夜幕低垂
貓群躡步　　昂首直入
適時填補空置據點
以毛色展示身分
（夜裡經常只看到灰和黑）

眼神蔑視環顧
四周　　從巷頭到巷尾
紅　　藍　　黃　　綠……
一雙雙一對對
晶瑩光圈
左　　右　　冷峻擺動

入夜才坐擁城池
孤傲挺胸
無星無月捕獵整個夜空的黑
對比日間飄逸以流浪為名
食不飽腹忍受排擠的頹廢
喵──咿──嗚──哦
貓　　吼
一呼百應

2018 年 7 月 20 日

Kucing Dan Lorong Belakang

Malam turun
kucing-kucing berjinjit-jinjit, terus masuk dengan mengangkat kepala
isikan ruang kosong tepat masa yang sesuai
tunjukkan identiti dengan warna bulu
(selalunya hanya warna kelabu dan hitam dapat dilihat pada waktu malam)

Mata memandang ke sekeliling dengan perasaan menghina
di sekitar, dari jalan masuk lorong ke hujungnya
merah, biru, kuning, hijau ...
pasangan demi pasangan
lingkaran cahaya yang berkilauan
bergoyang ke kiri dan kanan dengan tegas dan serius

Pada waktu malam baru dapat memegang kuasa di tempatnya
sombong bermegah
memburu kehitaman langit sepanjang malam yang tiada bintang dan bulan
berbanding dengan hidup bersenang-senang di bawah nama pengembaraan
pada siang hari
makan tidak kenyang, dan kecewa kerana saling mendesak
mengeong, mengiau, wu - oh...
seekor yang menempik
disahut ratusan yang lain

訃聞

沙龍照片百裡挑一
嘴角微翹
頰上淺淺笑意
斜看
過往雲煙

晚風
抬著兩個大字
訃　　告
天下

隱藏的皺紋不畏忌公開年歲
忌辰刻在疲憊額角
一併公告繁華落幕
擇日　　弔唁
魂歸來兮

無緣再闖疆場
蹄聲遠　　逝
只留冥想
夢裡揚鞭

2018年7月22日

Berita Kematian

Foto salun yang terbaik dipilih
sudut bibir naik sedikit
senyum sumbing di pipi
dilihat secara condong
seperti perkara-perkara yang lepas

Angin malam
mendukung dua perkataan besar
berita kematian
kepada dunia

Kerut yang tersembunyi tidak takut untuk mengumumkan umur
hari wafat diukir di dahi yang letih
sekaligus diumumkan pengakhiran kemewahan hidup
pilih hari untuk bertakziah
kembalilah rohnya

Tiada peluang untuk bertarung lagi
bunyi kuku kuda semakin jauh
tinggalkan saja meditasi
cambuk diangkat dalam mimpi

最後的告別禮

惶恐的淚水眶在眼裡來不及反應
承諾要為你辦好最後的告別禮
緊迫忙碌中我咬緊下唇不斷點頭
選擇繁華都市一隅寬敞大樓
足夠容納所有到場追思的親友
讓人人都能傾情揮手
花廳停柩
柩前高掛你最滿意的身影
播你愛聽的樂曲
舊雨新知遠遠就能
再睹風采
回憶生前點滴
近距離敘舊
在外廳休息區稍坐
咖啡在手　　話說從前
就如日昨的群聊閒悠
感覺你未曾遠去
儘管所有話題你都插不上嘴
直到感慨畫上句號　　停休

溫熱擁抱
是節哀再會最安撫人心的代言

曲終人散後我開始梳理
真實的掛念和 悲憂

2018年7月23日

Upacara Perpisahan Akhir

Air mata yang ketakutan terlalu lambat untuk bertindak balas

berjanji hendak melakukan upacara perpisahan akhir untuk kau

secara tergesa-gesa, aku menggigit bibir bawah dan mengangguk tidak berhenti

pilih sebuah bangunan yang luas di sudut bandar yang sibuk

cukup untuk menampung semua kawan dan saudara-mara yang datang bertakziah

biarkan semua orang dapat melambaikan tangan dengan penuh kasihan

keranda diletakkan di bilik tamu

di depan keranda tergantung gambar yang kau paling berpuas hati

muzik yang kau suka dengar disiarkan

semua rakan lama dan baru dapat merenung lagak kau

ingat kembali remeh-temeh kehidupan

dengan jarak jauh bersembang-sembang tentang masa dulu

duduk di kawasan rehat di luar dewan

dengan kopi di tangan, hal-hal masa lalu diceritakan

seperti sembang kumpulan yang berlaku semalam

rasa kau tidak pernah pergi

walaupun kau tidak dapat campur mulut dalam semua topik

sehingga keluhan dibubuh dengan titik, dan berhenti

Pelukan hangat

adalah sokongan yang paling menenangkan hati selepas bertakziah

selepas bersurai, aku mula mengemaskan

kerinduan dan kesedihan sebenar

鴉聲變調

繞過神話和文化走廊
趨近文學殿宇
你碩大的身影尷尬登堂
偏見說　　你毛色不祥
通體漆黑如絕望之色　　來自幽森冥域
叫聲刺耳不吉利　　令人心悸
你偏過頭轉著黑眼珠　　樣子像在
反思胡謅背後的含義
姿態引人遐思　　形跡帶點神祕
自嘲已跳過牙牙學語的把戲
曾經萬人矚目　　高高在上
承受占卜式膜拜
嘎咖連聲　　意味獲得財富
嘎嘎呼叫　　顯示有願必成
一聲那那卻是苦難當頭
說破了　　只是單純的
語音變調　　你是
太陽神阿波羅的化身
后羿射落的火球
傳奇中的三足烏
寓言故事裡找水喝的聰明黑鳥
馬致遠筆下的老樹昏鴉

單看反哺之心
為你平反變得　　　迫切需要

2018年8月1日

Perubahan Nada Suara Gagak

Melintasi mitos dan koridor kebudayaan

mendekati balairung kesusasteraan

bayangan kau yang besar muncul dengan kekoknya

mengikut prasangka, warna bulu kau adalah pertanda buruk

seluruh badan menjadi hitam seperti warna putus asa, berasal dari

kawasan iblis yang dalam dan sunyi

suara menusuk telinga tidak baik padahnya, menggentari hati

kau memalingkan kepala dan memusing mata hitam, berlagak seperti

berfikir kembali dan mengoceh tentang erti di sebaliknya

sikap amat menarik, gerak-geri dengan sedikit misteri

mentertawakan diri sendiri telah melangkau tiruan bayi belajar cakap

pernah menjadi tumpuan perhatian orang ramai, berkedudukan tinggi di

atas

menerima penyembahan cara ramalan nasib

menguak terus, bermakna memperoleh harta benda

uak - uak dengan panggilan, menunjukkan cita-cita pasti tercapai

bersuara na - na, itulah penderitaan yang dihadapi

sebenarnya, ianya hanya

perubahan nada suara, kau ialah

penjelmaan Tuhan Matahari Apollo

bola api yang dipanahkan oleh Hou Yi

burung berkaki tiga dalam legenda

burung hitam yang pintar yang mencari air dalam cerita ibarat

dan gagak di pokok tua waktu senja dalam puisi Ma Zhiyuan

lihat sahaja pada sifat kau yang membalas budi

membaik pulih nama kau menjadi perkara yang perlu disegerakan

揮別

隨心導向遠走他鄉
瀟灑的額角難掩滄桑
把自我捆綁　　囚禁於
來路的欲望之巔
重生的喜悅跳出桎梏
漂泊流浪

昂首走出陰霾
挺身浪尖笑迎航途叵測
無懼浪高風急
大江大海慨嘆不息

美好時光逆流而去
心懷忐忑無暇細賞沿途
鶯飛燕舞
無槳漂流加速遠航
擦身揮別　　兩岸繁花

2018 年 8 月 12 日

Ucapkan Selamat Tinggal

Ke tempat jauh mengikut niat hati
dahi yang senang-lenang sukar untuk menyembunyikan penderitaan
dengan mengikat diri sendiri, dan dipenjarakan
di jalan kedatangan yang penuh dengan nafsu yang memuncak
kegembiraan atas kelahiran semula melompat keluar daripada belenggu
merantau dan mengembara

Dengan mengangkat kepala keluar dari jerebu
berdiri di hujung ombak, ketawa untuk mengalu-alukan perubahan di
luar dugaan
tidak takut pada angin kencang ombak tinggi
laut dan sungai besar penuh dengan keluhan kesal

Masa yang baik lenyap mengikut arus songsong
bergelisah dan tiada masa untuk menghayati
burung-burung terbang dan menari di sepanjang jalan
berhanyut tanpa dayung mempercepatkan pelayaran
berlalu dengan ucapan selamat tinggal kepada bunga-bungaan di kedua-
dua tebing

語言文學類　PG2238　秀詩人67

無關膚色
──藍啟元雙語詩集

作　　　者 / 藍啟元（Pat Yoon）
譯　　　者 / 潛默（Chan Foo Heng）
責任編輯 / 徐佑驊
圖文排版 / 周好靜
封面設計 / 劉肇昇

發 行 人 / 宋政坤
法律顧問 / 毛國樑　律師
出版發行 / 秀威資訊科技股份有限公司
　　　　　114台北市內湖區瑞光路76巷65號1樓
　　　　　電話：+886-2-2796-3638　傳真：+886-2-2796-1377
　　　　　http://www.showwe.com.tw
劃撥帳號 / 19563868　戶名：秀威資訊科技股份有限公司
　　　　　讀者服務信箱：service@showwe.com.tw
展售門市 / 國家書店（松江門市）
　　　　　104台北市中山區松江路209號1樓
　　　　　電話：+886-2-2518-0207　傳真：+886-2-2518-0778
網路訂購 / 秀威網路書店：https://store.showwe.tw
　　　　　國家網路書店：https://www.govbooks.com.tw

2019年12月　BOD一版
定價：280元
版權所有　翻印必究
本書如有缺頁、破損或裝訂錯誤，請寄回更換

國家圖書館出版品預行編目

無關膚色：藍啟元雙語詩集 / 藍啟元(Pat Yoon)著；
潛默(Chan Foo Heng)譯. -- 一版. -- 臺北市：秀威
資訊科技, 2019.12
　　面；　公分. -- (語言文學類；PG2238)(秀詩
人；67)
　　BOD版
　　ISBN 978-986-326-761-4(平裝)

868.751　　　　　　　　　　　　108019250

讀 者 回 函 卡

感謝您購買本書，為提升服務品質，請填妥以下資料，將讀者回函卡直接寄回或傳真本公司，收到您的寶貴意見後，我們會收藏記錄及檢討，謝謝！如您需要了解本公司最新出版書目、購書優惠或企劃活動，歡迎您上網查詢或下載相關資料：http:// www.showwe.com.tw

您購買的書名：＿＿＿＿＿＿＿＿＿＿＿＿＿＿＿＿＿＿＿＿＿＿

出生日期：＿＿＿＿年＿＿＿＿月＿＿＿＿日

學歷：□高中 (含) 以下 　　□大專 　　□研究所 (含) 以上

職業：□製造業 　□金融業 　□資訊業 　□軍警 　□傳播業 　□自由業
　　　□服務業 　□公務員 　□教職 　　□學生 　□家管 　　□其它＿＿＿

購書地點：□網路書店 　□實體書店 　□書展 　□郵購 　□贈閱 　□其他

您從何得知本書的消息？

　□網路書店 　□實體書店 　□網路搜尋 　□電子報 　□書訊 　□雜誌

　□傳播媒體 　□親友推薦 　□網站推薦 　□部落格 　□其他＿＿＿＿＿

您對本書的評價：（請填代號 　1.非常滿意 　2.滿意 　3.尚可 　4.再改進）

　封面設計＿＿＿ 　版面編排＿＿＿ 　內容＿＿＿ 　文／譯筆＿＿＿ 　價格＿＿＿

讀完書後您覺得：

　□很有收穫 　□有收穫 　□收穫不多 　□沒收穫

對我們的建議：＿＿＿＿＿＿＿＿＿＿＿＿＿＿＿＿＿＿＿＿＿＿＿＿

＿＿＿＿＿＿＿＿＿＿＿＿＿＿＿＿＿＿＿＿＿＿＿＿＿＿＿＿＿＿＿＿

＿＿＿＿＿＿＿＿＿＿＿＿＿＿＿＿＿＿＿＿＿＿＿＿＿＿＿＿＿＿＿＿

＿＿＿＿＿＿＿＿＿＿＿＿＿＿＿＿＿＿＿＿＿＿＿＿＿＿＿＿＿＿＿＿

11466

台北市內湖區瑞光路 76 巷 65 號 1 樓

秀威資訊科技股份有限公司　　　收

BOD 數位出版事業部

⋯⋯⋯⋯⋯⋯⋯⋯⋯⋯⋯⋯⋯⋯⋯⋯⋯⋯⋯⋯⋯⋯⋯⋯⋯⋯⋯⋯⋯⋯⋯⋯

（請沿線對折寄回，謝謝！）

姓　　名：_____　年齡：_____　性別：□女　□男

郵遞區號：□□□□□

地　　址：_____

聯絡電話：(日) _____ (夜) _____

E-mail：_____